另

A DIFFERENT DRUMMER

［美］威廉·凯利——著

谭怡琦——译

上海文艺出版社

我的邻居说是好的事情，其中的大部分我在心灵深处认为是坏的，如果我对什么事情觉得后悔的话，很可能就是我的好的表现。是哪个魔鬼缠住了我，让我表现得这么好？

如果一个人跟不上他的同伴，那也许是因为他听到的是另一个鼓手的鼓声。让他按他所听到的音乐拍子前进，不论那拍子是多么从容不迫，或多么遥远。[1]

亨利·大卫·梭罗

---

1 译文节选自《瓦尔登湖》，梭罗著，王家湘译，北京十月文艺出版社，2019版。——编者注

目 录

"美国文学失落的巨人" i

州 1

"非洲人" 7

哈利·利兰 33

利兰先生 57

很久以前,一个秋天的生日 91

威尔逊家族 99

丁夫娜·威尔逊 113

杜威·威尔逊三世 139

卡蜜拉·威尔逊 163

大卫·威尔逊 181

门廊上的人 225

前言

"美国文学失落的巨人"

凯瑟琳·舒尔茨

Foreword:
'The Lost Giant of
American Literature'

前面出现了几个箭头指示标，于是我们跟着箭头走。那是去年夏天的一个下午，我和女朋友在当地的公共图书馆里度过了一天，从早餐到午餐再到英国人称之为"下午茶"的时间里，我们一直都在工作，直到突如其来的饥饿把我们双双击倒。我们收拾好东西，朝车走去。我们家距离图书馆大约四英里[1]。我的脑海中已经浮现出巨大的三明治。箭头标示是在我们开了两英里的时候出现的，就在路边。早上，那里还只是一片空荡荡的草地。箭头是红色的，及膝高，安安静静地矗立在白色的背景之中，将我们指离通往三明治的路途。我的女朋友比我还饿，但比我更好奇，直接把车开进另一条车道，开始跟着一个个箭头走。

箭头指向一条州际公路，我们穿过一座立交桥，进入一条较小的公路，经过一个仓库和一些谷仓，然后沿着切萨皮克湾无数支流中的一条前行。一个标示提醒我们进入了泛洪区。我的女朋友在附近的郡里长大，从小就记得这个地方，大概七八

---

1 约 6.4 千米。——编者注

岁的时候，她在这个地区有过一次难忘的经历——在一辆拖车里见到了很多澳洲鹦鹉，但此后她就再也没有去过那里。箭头指向一个有红色屋顶的灰色大棚。一个喷漆的牌子上写着夏天开放，一个月开两次，都在周六。我们把车停在街对面的一条船旁边，朝门口走去。

屋子里面有几箱渔具、几罐防锈油、堆到天花板高的内涂和外涂油漆、六个洗衣板、一台铸铁缝纫机，以及几个广告牌，关于新鲜鸡蛋、健力士黑啤酒和不知道用在哪里的限速标识。还有一些堆在角落里的门框、窗框和被剥去照片的相框。一堵旧车牌墙，一盒旧手电筒，一托盘坚果罐头和一托盘钉子。圆锯、门锤、钻头、鱼饵、牡蛎钳，还有一些是在郊区和内陆长大的我无法辨认的农具和渔具。这里没有十字绣的枕头，没有衣服，除非你把溯水的连靴裤也算上，没有丢弃的瓷器，简而言之，这和普通的旧货店摆设没什么两样。几箱《孤独星球》(Lonely Planet)。一些旧的运动标语。在收银机旁边，有一个书架，上面贴着手写的标语："平装本，五十美分。精装本，一美元。"

我看到了书，便走过去浏览，发现一本摆放错误的细长书册，书脊朝里，书页那端朝外。我把它取下来，翻过来，发现自己拿着的是兰斯顿·休斯[1]第一版的《问你妈妈》(Ask Your

---

[1] Langston Hughes，美国诗人、小说家、剧作家、专栏作家。——译者注（以下若无特别说明，均为译者注）

Mama)。我将它翻开，扉页上写着：

特别题赠威廉·凯利！
欢迎你第一次来我家，欢迎！
真诚的兰斯顿·休斯
纽约，1962年2月19日

我目瞪口呆，然后招手叫我女朋友过来，我们又目瞪口呆了一会儿。在一场短暂的、完全沉默的道德危机后，我想到逛旧货店的一半意义在于可能会收获意外的珍宝，于是我走到收银机前，递给柜台后的年轻人一美元，买下了这本书。然后，因为它也是一支箭，我必须跟随它。

当我发现那本书的时候，我不知道威廉·凯利是谁。但是，和数百万美国人一样，我知道他曾经说过的一句被印刷出来的语句——1962年，凯利在《纽约时报》上发表的一篇评论文章的标题是："如果你觉醒了，那就去寻找吧。"他在文章中指出，"垮掉的一代"的俚语（"喜欢""小妞""酷"）大部分来源于非裔美国人。

凯利是一位小说家，偶尔也写散文，他自己已完全觉醒。半个世纪前，诗人克劳迪娅·兰金（Claudia Rankine）利用麦克阿瑟"天才奖金"建立了一个部分致力于研究"白种文化"的研究所，凯利把他大量的智慧和想象力都转向了这个问题：在这个国家，白种文化是什么样的，对所有美国人来说，生活在白人至上的境况下又是什么样的。这不仅是他和我们所处的两个时代共有的戏剧性的焚烧十字架[1]和极端种族主义示威活动，也是我们的民族文化特有的日常表现。

凯利首先在他的长篇小说《另一个鼓手》中详细阐述了这些问题。《纽约时报》的评论文章发表三周后，这本小说得以出版，当时凯利二十四岁，这部处女作立即让他得以与众多文学巨匠相提并论，例如威廉·福克纳 (William Faulkner)、艾萨克·巴什维斯·辛格 (Isaac Bashevis Singer) 以及詹姆斯·鲍德温 (James Baldwin)。这也让他和艾尔文·艾利 (Alvin Ailey) 和詹姆斯·厄尔·琼斯 (James Earl Jones) 等人一起成为他这一代最受欢迎的非裔美国艺术家之一。

当我读了《另一个鼓手》，我立刻明白了原因。从地理上讲，这部小说是以一个叫萨顿的小镇为背景，这个小镇位于新马赛市 (New Marsails) 城外，一个想象中的位于密西西比州和亚拉巴马州之间的南部州。时间上，它设定在 1957 年 6 月，当时，一个名叫塔克·卡利班的非裔美国年轻农民在他的田地里撒上盐，屠宰马和牛，烧毁自家房子，然后离开了这个州。紧随其后，州里全部的非裔美国人都离开了。

这是个出色的设定。我们的文化对南北战争以不同方式

---

[1] 焚烧十字架 (cross-burning)，美国一个奉行白人至上和歧视有色族裔主义运动的党派——三K党会进行的仪式。在山坡上焚烧十字架，用来恐吓和威胁非裔美国人和其他有色人种。——编者注

结束会发生什么产生过无数幻想。主要是,如果南方邦联获胜,奴隶制持续下去会发生什么(参考《南方的枪炮》[*The Guns of the South*]、《如果南方赢得了内战》[*If the South Had Won the Civil War*]、《隐秘航空》[*Underground Airlines*])。但是,我们缺乏对民权运动不同结局的想象艺术,或者一个平行宇宙,其中,任一时代的非裔美国人所掌握的权利不减反增,一切又将如何?

恰当地说,非裔美国人突然拒绝在从属地位下继续生活,这一夺权行为使萨顿的白人公民感到不安。《另一个鼓手》的故事开始时,为了弄清镇上最近发生的事情,一个角色讲述了一个令人痛心的故事。一半是奴隶故事,一半是怪谈,主人公是一个身型庞大的男人,被简单地称为"非洲人"。某一天,他臂弯里抱着一个男婴,跟随着奴隶船被带到萨顿。这个"非洲人"被铁链束缚着,至少二十个人牵着铁链,他被带到城里,被卖掉。接着他用铁链抽打着,敲击着俘虏他的人,并斩首了拍卖人:"有些人咒骂……戴着德比帽的头颅像炮弹一样在空中飞行了四分之一英里,然后在地上弹跳了四分之一英里,最后还砸到了人群中某个人骑来的新马赛的一匹马身上。"他"像女人上车时抓起裙摆一样"收拢铁链,然后"非洲人"逃到附近的沼泽地,开始进行突袭,释放其他奴隶。最终,一个叛徒带领"非洲人"名义上的主人,来到了他的藏身处。主人杀死了这个"非洲人",并声称那个孩子,也就是塔克·卡利班的曾祖父,归自己所有。

讲述这个故事的人坚持认为，卡利班的所作所为是因为"'非洲人'的血脉"在他体内复苏了。不是所有的听众都同意，但是他们很难为最近的黑人外流提供更好的解释，或者想象其可能的后果。有人想知道，三分之一的人口消失后，他们的工资水平会变高还是变低。另一些人根本不关心卡利班和他的追随者，他们附和州长的声明："我们从来不需要、也不想要他们，没有他们我们照样生活愉快。"还有一些人觉得被背叛了，但他们没有办法表达，因为他们以前从来没有认真研究过这个被违反的社会契约。

尽管《另一个鼓手》的情节建基于非裔美国人的自主行动，但故事完全是通过这些白人市民的视角讲述的。这也是一个聪明的点子，也以小说的手法印证了历史学家里昂·班内特(Lerone Bennett)的话："美国没有黑人问题。美国的种族问题是白人的问题"。此外，故事讲得非常好。二十四岁的凯利已经是一个非常自信的作家了，他的幽默感让人想起弗兰纳里·奥康纳(Flannery O'Connor)笔下的《启示录》("Revelation")：讽刺、新颖、灵验。他也是一个敏锐的观察者，虽然他的故事有着神话般的情感比例，但他的句子确实让人感觉像真实的生活。塔克·卡利班的母牛"颜色就像刚切好的木材"；对从外面观看的男人们来说，卡利班点燃的火焰首先出现在房子中间的白色窗帘，然后"像一个想要买下房子细细检查的人一样，慢慢地移向其他窗户"。

《另一个鼓手》以悲剧告终，与其说是对黑人命运的悲观，不如说是对白人道德潜力的悲观。然而，多亏了这一点，凯利的事业才以极大的乐观开始。他的书罕见地使未来看起来既不可避免又令人兴奋。事实上，他在接下来的十年里又出版了四本书。但不只是我一个人不熟悉这些作品。因为在早年的大热之后，凯利在个人创作的鼎盛时期基本淡出了人们的视线，也淡出了我们这个时代的人的视线。当然，默默无闻对作家来说是一种普遍的命运。但奇怪的是，今天很少有人读凯利的书，考虑到他书中展示的人的弱点，还有他们独特的、令人不安的优点。

*

1937年11月1日，威廉·梅尔文·凯利出生在斯塔顿岛一家海景结核疗养院，他的母亲纳西莎·阿加莎·加西亚·凯利 (Narcissa Agatha Garcia Kelley) 是这里的一名病人。他的父亲也叫威廉·凯利 (William Kelley)，在《阿姆斯特丹新闻报》(*Amsterdam News*) 做了多年编辑，该报是美国历史上最悠久、影响力最大的非裔报纸之一。报社在纽约市哈莱姆区，但是凯利一家住在布朗克斯区——一个工人阶级社区，住满了意大利裔美国人。和他们一家同住的还有凯利的外祖母，一个缝线工人，她是奴隶的女儿，也是一个联邦上校的孙女。

根据凯利自己的说法，他成长于一个"有反抗意识的黑人想要超越"种族问题而不是将其政治化的时代。作为这种冲动的典型，他的父亲"在发声时努力消除自己身上所有的黑人痕迹"，并把康蒂·卡伦 (Countee Cullen) 和保罗·劳伦斯·邓巴 (Paul Laurence Dunbar) 放在他的个人图书馆的主要书架上，同时把马库斯·加维 (Marcus Garvey) 驱赶到书架的最上层。凯利从来没有失去过自己的布朗克斯口音，他年轻时就把这种精神内化了。在家里，他以将辛纳屈 (Sinatra) 模仿得惟妙惟肖而赢得了邻里孩子的喜爱，并且在玩"牛仔和印第安人"的游戏时，他愿意扮演托托[1]的角色。在菲尔斯顿学校，一个从一年级到十二年级就读的几乎全是白人的预科学校，他实现了一个后来载入史册的成就：到了高年级，他已经成为学生会主席、田径队队长、全能的"金童"，并即将入读哈佛。一到哈佛，凯利就发现了写作的魅力，他后来回忆说："写作让我太快乐了，我其他什么也不做了。"他在实验小说家约翰·霍克斯 (John Hawkes) 和现代派诗人阿奇博尔德·麦克莱什 (Archibald MacLeish) 那里得到了指导，1960 年他获得了达纳·里德奖，这是哈佛大学本科生的最高写作奖。

这是一项很高的荣誉，但它或多或少也是凯利在困难的大学生涯中获得的唯一荣誉。大二时，凯利的母亲去世了，到了大四，他的父亲也离开人世。凯利换了四次专业，除了小说课，几乎每门课都不及格，在还差一个学期完成学业的时候

---

[1] 托托 (Tonto)，虚构角色，形象为美国原住民，出现在多部以"独行侠"(Lone Ranger) 为主角的西部电影中，是"独行侠"的伙伴。Tonto 在西班牙语、葡萄牙语和意大利语中均有"愚蠢、傻瓜"的意思。——编者注

辍学了。他回家找外祖母，十分惶恐地承认，他已经放弃了自己所有辉煌的职业计划，转而想成为一名作家。外祖母听他说完，然后告诉他，如果她不喜欢，她不可能花七十年时间做衣服。两年后，凯利出版了《另一个鼓手》。

他又接连出版了两本书：1964年的短篇小说集《岸上的舞者》(Dancers on the Shore)和1965年的小说《一滴耐心》(A Drop of Patience)。短篇小说集中的故事参差不齐，但其中最精彩的部分包括：讲述种族主义使一个复杂家庭破裂的《自由街上唯一的男人》("The Only Man on Liberty Street")，讲述两个退休的鳏夫身陷一场小争斗的《不一定是莉娜·霍恩》("Not Exactly Lena Horne")。这两个故事是凯利叙事的典范：结构严谨、自成体系，但似乎从生活的急流中抽离了。《一滴耐心》讲述了一位在全国名声大噪的盲人爵士音乐家，他与一位白人女性有一段命中注定的浪漫史，随后又经历了精神失常。它不仅让凯利探索了种族分类的破坏性，也让他探索了长久以来的兴趣之一：声音的至上性。小时候，凯利经常在外祖母工作的时候花几个小时和她待在一起，外祖母给他讲的故事和她缝纫机的咔嚓声融在一起。在欧洲，他与先锋派萨克斯演奏家玛丽昂·布朗(Marion Brown)成为朋友，一起探索声音及其意义。在1968年的一次采访中，他对戈登·利什(Gordon Lish)说："如果事情朝着另一个方向发展，我也许会成为一名音乐家。"

不过，回想起来，凯利的早期作品中最显著的部分是一众登场人物。我们第一次见到华莱士·贝德洛是他在《另一个鼓手》中前往塔克·卡利班农场的路上,他再一次出现是在《岸上的舞者》,成了一名在纽约昙花一现的蓝调歌手,依靠他哥哥卡莱尔的指引。卡莱尔本人随后也以主角的身份出现在凯利的最后两本小说中,故事中他遇到了奇格·邓福德,一位受过哈佛教育、志向远大的作家,也是短篇集的主角。还有其他数十个角色也在一个个故事中反复出现。凯利曾经说过,到了晚年,他希望能看着自己的书架说:"看看我所有的书,它们组合在一起是一部宏大的作品。"和巴尔扎克和福克纳一样,他在自己的文学作品中,也在自己的生活中,从事着构筑世界的事业。

凯利十七岁时遇到了他未来的妻子凯伦·吉布森(Karen Gibson),那时候她十四岁。她告诉我,她对凯利印象平平。差不多十年后,两个人在宾州接力赛上再次相遇,这是一个在周末举行的综合田径运动会,吸引了成千上万的非裔美国人前来参赛和观看。那时,凯利即将完成《另一个鼓手》,而曾在莎拉·劳伦斯学院学习艺术的吉布森则正计划成为一名画家。她喜欢各种有创造性的男性,这一次,她被凯利迷住了。1962年,他们结婚了。

凯利一家的早年生活很随意。吉布森后来改名为艾基·凯利(Aiki Kelley),她和丈夫一样,都是黑人中产阶级的产物,渴望逃避。和他一样,她也希望在成家前能看到更大的世界，所以这对夫妇很快就搬去了罗马。一年后，他们回到美国，生了第一个孩子杰西卡，但那只是短暂的返乡之旅。杰西卡出生三天后，马尔科姆·X[1]被暗杀了。《周六晚报》要求凯利报道随后的谋杀案审判，他对司法系统的偏向性感到厌恶，并发誓要再次离开这个国家："我不会再让自己去承担宣布我们的小反抗失败了的任务，去宣布种族主义又赢了一段时间，特别是在我有年轻的妻子和蹒跚学步的孩子的情况下，而所有这些杀戮都在继续。"

很快，他和艾基收拾行李，带着杰西卡一起搬到巴黎。1968年，他们的第二个女儿希拉在巴黎出生。最初，他们计划学习法语，然后搬到非洲法语区的某个地方去寻根。不过，几年后，他们决定要更亲近自己的亲戚，转而搬到牙买加，在那里生活了近十年。威廉写作，艾基做艺术，两人在家里抚养和教育女儿。

凯利和他的家人是在牙买加改信犹太教的。这开始于凯利和一些当地人一起在邻居的鸡窝后面抽大麻，每天在他们点燃大麻之前，他们都会大声朗读《圣经》。凯利从小是基督徒，但他对《圣经》的兴趣在牙买加开始高涨，他要求妻子开始和他一起读《圣经》。他们两个正在寻找道德准则来帮助他们抚养孩子，很快就在《摩西五经》中找到了自己想要的东西。他们开始一个接一个地摒弃旧的传统——熏肉、圣诞节、周日安

---

[1] 马尔科姆·X（Malcolm X，1925—1965），美国黑人民权运动领导者之一。

息日——并增加新的传统：安息日、赎罪日、犹太厨房。

这始终是一种自我导向的信仰。凯利和他家里的任何人都没有加入过犹太人集会，他们遵守的宗教日历与传统的犹太日历不一致。事实上，凯利擅长自我指导。他所有的习惯都一丝不苟，鞋子的摆放，笔的顺序，写作也不例外。他在一间办公桌对着墙的办公室里，规律地用穿孔卡片工作，这样他能看到的唯一的世界就是他正在创造的世界。他用铅笔写下初稿，用墨水做修改，然后用手动打字机把结果打印出来，他喜欢那个节奏。他每天都这样做，每一周，每一月，直到他又出版了两本小说。甚至在第二部小说出版后，全世界几乎都忽略了他，依旧每日如此。

凯利第三部长篇小说《那些人》(Dem) 的开篇引言是用国际音标书写的。这么做是为了捕捉人们实际的发音方式，尽管这样做会阻碍人们的阅读。"Næʋ, ləmi təljə hæʋ dəm foks liv"：这些词标志着凯利愿意在语言和其他方面给读者造成困难。经过翻译后，这句话读作："现在，让我来告诉你那些人是如何生活的。"

这里所说的"那些人"就是白人，就像《另一个鼓手》一样，小说围绕一个白人角色：米切尔·皮尔斯，一家广告公司的中层雇员，他越来越疏远自己的工作、怀孕的妻子，也与自我价值感和现实渐行渐远。可以说，米切尔是一个典型的19世纪中叶白人反英雄角色，这种类型可以从《沃尔特·米特的秘密生活》(*The Secret Life of Walter Mitty*) 以及《波特诺伊的抱怨》(*Portnoy's Complaint*) 等作品中找到，表现为他们在职业上的平庸、逃避责任，在性方面自卑，以及在面对他认为是下等人，如女人、孩子、家庭雇佣等等所谓下等阶级的人时的畏缩。

恰当地说，对于一本关于反英雄角色的书来说，《那些人》不是通过行动而是通过被动来推动情节。早些时候，米切尔撕裂了肌腱，被缚在床上好几个星期，在这期间，他尴尬地沉迷在一部肥皂剧中，并对剧中女主角产生了强烈的迷恋。凯利让我们去思考情节剧式小说，而非以此作为小说的框架：用情感代替道德，用廉价的刺激代替代价高昂的体验，用模拟代替现实。事实上，当米切尔碰巧遇到扮演他迷恋对象的女演员时，他没有意识到她实际上并不是他所崇拜的电视剧角色，当机会出现时，他却无法与她上床。

就在米切尔因于这件徒劳的恋情上时，他的妻子和一个黑人有了相当成功的进展。一开篇，她就怀上了一对双胞胎。与米切尔钟爱的肥皂剧情节相呼应的是，其中一个孩子是米切尔的，而另一个则是她情人的。孩子们出生后，医生宣布了这一消息，米切尔立刻动身去找孩子的父亲，劝他带走这个黑皮肤的宝宝。

于是米切尔开始了一段流浪旅程，他在穿越纽约黑人聚集区的同时，也在穿越自己种族想象中毛骨悚然的幻想和恐怖场景。路上，他遇到了另一个心仪的女人，这一次是黑人女性，但他也没能跟她上床；遇到了他前一段时间不公正地解雇的一个非裔美国女佣，还遇到了他的侄子卡莱尔·贝德洛，卡莱尔偷了米切尔的钱，还不动声色地充当他在哈莱姆区的向导；以及卡莱尔好战的弟弟曼斯，他把米切尔称为"魔鬼"，最后，他遇到了孩子的共同父亲，一个叫库利的人，事实证明，他一直都认识他。

整个旅程围绕白人恐惧、内疚和伪善的主题进行了无情讽刺，但没有讽刺种族通婚这件事，这一次，没有了充满敌意的指责。奴隶制的现实和情感基石之一，便是被奴役者无法决定自己的家庭。当米切尔戴着绿帽，像对待自己的孩子那样抚养一个黑人孩子时，他意识到他的痛苦是一种报复，他抱怨"为什么是我？"被他孩子的共同父亲无可辩驳地反击："为什么库利的曾祖父（是黑人）？"像《另一个鼓手》中的白人角色一样，米切尔也经历过黑人的报应。两者都不是暴力，前一种是弃绝，后一种是清算，但两者都令人深感不安，因为无论是现在还是过去，它们让白人角色和读者一起留下来去面对过去和现在的不公正，并留下一架天平，用以衡量它的程度。

如果说《那些人》是一本奇怪的书，那么，它也是以一种熟悉的方式让我们感到奇怪。一部分菲利普·罗斯的风格，一部分斯威夫特，一部分马克·吐温，它由讽刺、闹剧和夸张的元素构成，以严肃的道德名义展开。但凯利的下一部小说《邓福兹漫游记》(*Dunfords Travels Everywheres*) 却是以一种真正奇怪的方式书写。故事开篇讲述奇格·邓福兹生活在一个虚构的欧洲国家，这个国家奉行一种奇怪的服装隔离：每天，公民都会自动划分为穿蓝色衣服的人和穿黄色衣服的人,两类人被严格禁止混在一起。在那里生活期间,奇格与名叫温蒂的神秘外籍流亡者有过一段短暂的恋情。后来,在返回美国的途中,两人重逢。当时,他们发现与一个名为"家族"的神秘组织在同一艘轮船上,船上还有一个装满奴隶的货舱。与此同时,《那些人》中的卡莱尔·贝德洛又重回人们的视线,开始了一系列全新的诡计。其中有一个牵涉一名贷款官员,也兼任豪华轿车司机,在一次布尔加科夫小说般的情节反转(也是全书最精彩的一次)后,谜底揭晓:他正是那个魔鬼。

一切都十分有趣,蕴藏着黑暗与狡黠,并且格外令人愉快。除了读者在读了五十页后,突然看到这句话,如当头一棒:"女巫们一路攻击奇勒先生的颓废,迫使他背信弃义,对他的错误教育表示歉意。玛雅,我们现在还继续重建吗?楚格先生?很为难?[1]"

好吧,是的:我们现在很为难,尽管我们是否继续下去是另一个问题。凯利对《邓福兹漫游记》的构想有意识地受制于《芬尼根守灵夜》的影响,而他自己的书,在很大程度上,也是同样的艰难。凯利讲述了奇格和卡莱尔各自的故事,大部分都是直截了当的,但在这两个故事之间,他抓住语言的边缘,尽可能地将其弯曲,以便将受过常春藤教育的中产阶级人士奇

---

[1] 原句:Witches oneWay tspike Mr. Chigyle's Languish, n curryng him back tRealty, recoremince wi hUnmisereaducation. Maya we now go on wi yReconstruction, Mr. Chuggle? Awick now?

格，和穷困潦倒但处事机灵的卡莱尔拉入一个单一的思想体系中，由同一民族过往所造就。

凯利长期以来为一种语言何以容纳许多不同的说话者而着迷。"很早以前，"他写道，"我就知道我生活在四个语言世界里。"他在家里说的是标准英语，在布朗克斯学习到意大利裔工人阶级的美式英语，在菲尔斯顿听到重度拉丁化，并沾染意第绪语的英语，以及黑人英语。他认为，这种情况就像爵士乐一样，是非裔美国人的伟大创造性贡献之一。同时，他对语言和权力的关系着迷。塔克·卡利班沉默寡言，几乎成了哑巴。就连他的妻子也无法勉强他说话，他拒绝谈论和劝说，甚至拒绝解释他抹除存在般的离开背后的信念。只有一位北方的黑人传教士，他滔滔不绝，不讨人喜欢，命途受诅，除此之外，其他黑人角色都像塔克·卡利班一样沉默。相比之下，在《邓福兹漫游记》中，黑人角色有很多话要说，但他们断断续续的声音越来越让人难以理解。

这是同一个问题的两种不同解决方式。和许多专注于传统英语经典文学，但在结构上被排斥在外的人一样，凯利对这些作品是否能够充分表达非裔美国人的生活表示怀疑。《邓福兹漫游记》的题词是从乔伊斯那里借来的，"我的灵魂在他的语言的阴影下烦躁不安"。他所创造的语言将黑人方言和双关语、土语以及大多数读者（包括本书）难以识别的语言挪用融合在一起。

结果就是，读者最好大声朗读，事实上，几乎也不可能以任何其他方式阅读。这有时是值得的,因为凯利无论用什么语言,表达出来的效果都是聪明有趣的,这并不容易,而且它会减慢人们阅读一本书的速度。骨子里,这本书希望读者能够昂首大步向前,这种愿望是如此强烈,读者甚至可以原谅他们想跳过的、读起来十分困难的部分,回到情节上来。(还有那些提供更多熟悉乐趣的句子。这本书和其他文章一样,直截了当,朴素又明快,就像阳光照在公寓楼的窗户上。当魔鬼驾着他的豪华轿车离开时,卡莱尔看着它"用一排排相互交错的小锤子设计新雪,最终,成为阴影的一部分"。)

当然,单纯忽略困难的部分是行不通的。凯利的私人语言很难破译,但对这本书来说却是必不可少的,所以一个坚定的读者必须坚持下去,感谢《邓福兹漫游记》至少比《芬尼根守灵夜》要短。就像是踩着刹车坐过山车呼啸而下:仅凭声音就让人感到惊心动魄,沮丧泄气。

威廉·凯利三十二岁时出版了《邓福兹漫游记》。在接下来的四十七年里,他一直在写作,但再也没有出版过一本书。他于 2017 年 2 月 1 日去世,享年七十九岁。

那时,凯利已经回到他的家乡纽约几十年了。他热爱牙买加,但最终探亲签证过期了,亲戚也开始催他们回家。1977年,凯利夫妇回到美国,在第 125 街和第五大道区域的一栋没有电梯的大楼里租了一间位于六层的公寓。那时,哈莱姆区住宅的高档化还没有开始,他们的新家里有一个不在家的恶劣房东，他还是个酒鬼。屋里没有暖气，没有电，没有煤气，没有电话，也没有门锁。凯利夫妇十年来第一次买了冬装，还买了蜡烛、科尔曼炉子和门锁。

情况不太理想，但起码他们撑得下去。书的预付款，演讲会的出场费，杂志的稿费，还有大学的委派都已经没有了，家里几乎没有钱了。这对凯利而言没有什么大不了的，他很久以前就读过梭罗（《另一个鼓手》这个书名就来自梭罗的《瓦尔登湖》）并接受了自愿贫穷的观念。白天，他就在高架床下的书桌旁继续写作。午夜过后，当本地杂货店把卖不出去的农产品扔进垃圾桶时，他就从中挑些日用品。他的女儿杰西卡说，在韩国杂货店翻垃圾并没有让他难堪。他完全不怕穷。

他也不怕在没有公众鼓励的情况下继续写作。他死后留下了相当数量的散文，包括两部未出版的小说。其中一部是《平和的爸爸》（Daddy Peaceful），故事松散地以自己的家庭生活为基础，尽管他毫不掩饰对这个家庭的崇拜，但他以前也从未写过类似的文章。另一部《分合》（Dis/integration）是一部元小说，描写了奇格·邓福兹进一步的冒险，与《卡拉马佐夫兄弟》和《微暗的火》一样，里面包含着一部完全独立的作品：一位白人海明威式作家的完整小说。那部嵌在小说中的小说《死亡坠落》（Death Fall）完全没有黑人角色，描述了堪萨斯州的一个小镇，在一种高度成瘾的新毒品流入后如何一步步瓦解。

凯利生前曾试图出版这两部小说，但均以失败告终。最终，在 1989 年，他开始在莎拉·劳伦斯学院教授小说课程，他非常喜欢教授这门课，持续了近三十年。即便如此，他也从未停止写作。杰西卡说："搞艺术的总会有'啊，自己糟糕透了'的时候。但他不是那样的。他从不沮丧，从不认为自己很糟糕，从不怀疑自己，只是不明白发生了什么。"

发生了什么？这很难说，当下的名声和死后的名声都是难以捉摸的、多变的、涉及许多因素。凯利财富的削减可能与不断变化的政治气候有关。"我们总是说，我们发起了一场革命，我们失败了。"艾基·凯利说。她认为丈夫是这场失败的牺牲品之一；随着民权运动的势头减弱，那些有权做出出版决定的人便把注意力转移到别处。

尽管如此，凯利从来都不是一个油滑的政治作家，他不会简单地与意识形态的浪潮分离或共舞，他还有很多其他的考虑。其中最主要的是他作品的核心部分：一个黑人在写白人如何看待黑人。这种视角绝妙而重要。实际上，它将杜波依斯的双重意识理论转化为一种叙事手段，但却从根本上减少了凯利的读者。许多白人读者不希望黑人作家告诉他们自己的想法，特别是当他们的想法如此尖刻。而许多黑人读者，长期渴望文学表现，不想读更多的白人角色。更糟糕的是，无论是白人还是黑人，都很少有人愿意接受在凯利笔下日渐糟糕的美国前景。而且，不管一本书的主题是什么，也不管作者的种族身份，几乎没有人愿意攻克实验性的文体风格。

最终，在凯利的一生中，最令他感到痛苦的可能是那无情的生命传送带，它不断地把新事物带入人们的视线，把老去的事物赶走。时间也是一支我们都追随的箭。评论家们喜欢"永恒"这个形容词，但事实是，大多数作家，即使是最有天赋的作家，也是属于某个时代的，即使并非他们自身所处的时代。

1962年，当威廉·凯利遇见兰斯顿·休斯时，这两位作家正处于事业的两端。休斯的身后，是几十本书、戏剧和诗集，同时，休斯只剩下五年光阴。但他喜欢鼓励有前途的有色人种作家，而且也需要人帮助他收拾在公寓里为后世留下的一些材料。与此同时，凯利钦佩休斯，也需要钱，因此同意做这项工作。《问你妈妈》上面的题献也是奖励的一种，但是，在《另一个鼓手》出版之前的最后几个月里，它必然也是一种肯定。休斯在他书中，也想象了一段反事实的历史：

> 想象一下，南部的黑人
> 已经全面接管南方
> 投票选出所有的民主党人
> 有色时代已到来
> 马丁·路德·金是乔治亚州州长

六年后，马丁·路德·金死了，休斯也死了，尽管凯利当时不知道，但是他的《问你妈妈》这本书也不见了。每一次他和家人离开这个国家时，他们都会把不需要的东西丢掉，把有价值的藏在家人和朋友的身边。这些有价值的东西包括休斯送的礼物，但在 1963 年凯利夫妇第一次离开美国，到 1977 年凯利夫妇永久归来时，他们发现它消失在曼哈顿一个亲戚的公寓里。

四十年后，这本书是如何从曼哈顿的公寓一路辗转到马里兰州的乡下，谁也猜不到。一家废品店真正的美丽之处在于它是时间流中的一个小岛。事物在那里被洗刷，从吞噬一切的未来得到暂时的宽恕；人们在那里停留，与过去的碎片混合在一起，就像时光旅行者停在休息站。最重要的是，你不能期望带着多少价值离开。但是，你偶尔会找到我在兰斯顿·休斯那本书里的那一种收获，找到那本书所赠予的对象身上的某种收获，在两种意义上，都是一笔真正的交易。

州

The State

以下段落摘自 1961 年出版的《图档年鉴》。

第 643 页：

位于美国南方腹地的中南部，北接田纳西州，东邻亚拉巴马州，南靠墨西哥湾，西邻密西西比州。

首府：威尔逊市

面积：50,163 平方英里

人口：1,802,268（1960 年人口普查初始数据）

座右铭：依靠荣誉和武器，我们敢于保卫我们的权利

加入邦联时间[1]：1818 年

早期历史——杜威·威尔逊

---

[1] 本书参考并沿用了南北战争的历史背景，但作者在真实历史背景下进行了虚构。——编者注

尽管这个州的历史丰富多彩，但它之所以被人们熟知更多因为它是邦联军将领杜威·威尔逊的故乡。杜威·威尔逊 1825 年生于萨顿，一个距离港湾城市新马赛二十七英里的小镇。威尔逊是美国陆军军官学院（西点军校）1842 年的毕业生。南北战争爆发前夕，他已经晋升为联邦军队的陆军上校。1861 年，南方十一个州脱离联邦，威尔逊随之从联邦军队请辞，随后被南方邦联军队授予将军军衔。他领导了南部两场著名的战役，公牛角河战役和哈蒙战役。哈蒙战役的战场距离他的出生地不足三英里。威尔逊在哈蒙战役中的胜利让北方军队占领新马赛的企图永远成为痴心妄想。

1870 年，随着该州重新加入联邦，威尔逊顺理成章成为州长。此后不久，他选址开展建设，并且在很大程度上参与设计了以他名字命名的首府。1878 年，威尔逊告老还乡，回到萨顿。萨顿的父老乡亲在中央广场为威尔逊竖起了一座十英尺高的铜像，落成典礼在 1889 年 4 月 5 日举行。然而，威尔逊出席完典礼就突然病倒了，而后与世长辞。威尔逊被大多数历史学家认为是继罗伯特·李[1]之后，南方邦联最伟大的将军。

---

1 罗伯特·爱德华·李 (Robert Edward Lee，1807—1870)，美国将领、教育家，在美国南北战争期间以总司令身份指挥南方邦联的军队。——编者注

近代历史：

1957年6月，由于各种至今尚未查明的原因，州里所有的黑人居民都离开了。如今，这个州是全美唯一一个找不出哪怕一位黑人居民的州。

"非洲人"

The African

现在，一切都结束了。托马森杂货店的门廊上坐满了人，其中大多数在周四，也就是一切拉开帷幕时都去过塔克·卡利班的农场。如今，他们无精打采地站着，或垂头丧气地坐着。可惜，他们当中可能除了哈珀先生之外，无人知晓这是某件重要事情的开端。整个周五和周六大部分时间，人们目睹萨顿市里的黑人或手提行李箱，或两手空空，守在门廊的尽头，等待每小时一班的公交车。汽车载着他们驶向东边的山岭，穿过哈蒙河谷，到达新马赛，最后抵达新马赛的地方火车站。人们从收音机和报纸上得知，萨顿的情况并不是特例。整个州里，城市、村镇以及田间地头的所有黑人，用尽一切可能的交通工具，包括他们的双腿，跋涉到州界地带，穿越州界线前往密西西比州、亚拉巴马州或田纳西州。有些黑人会在途中停留，寻找新的家园和工作，但绝大部分黑人不会。他们会一直走，直到找到一个地方，在那里，黑人能有一丝机会生存下去，或者体面地死去。人们已经目睹过火车站里，黑人人满为患；新马赛市和威尔逊市之间的公路上，黑人随处可见；马路上全是塞满黑人和他们的行李的一排排车队。人们相信，仅仅一百多英里的距离，不足以让黑人逃离目前的厄运。大家都读了政府的公告："没什么好担心的。我们从来不需要、也不想要他们，没有他们我们照样生活愉快。就算人口会因此减去三分之一，但是我们会变得更好，还是有很多好人留了下来。"

人们想要相信政府的话。然而，他们生活在没有黑人的世界里的日子不长，对一切还并不笃定，不过他们希望一切顺利。他们试图说服自己，一切都已经结束了，但是，他们心里隐约感觉，一切才刚刚开始。

尽管人们在最开始就收到消息，但他们了解得远远不如州里其他人多，因为他们不曾经历过报纸上所描述的愤怒和怨恨，也不曾像其他城镇的白人一样，认为自己有权利、有责任夺过黑人手中的行李，阻止黑人离开，或对黑人施加拳脚。也正因此，人们也不必沮丧地发现以上的行为是徒劳无功，更不用面对黑人义愤的示威。哈珀先生已经让人们认识到，黑人的离开无法阻挡。哈利·利兰已经表明了黑人有权利离开。于是，此刻，周六下午晚些时候，当太阳沉到公路旁未上漆的平房后面时，人们再次找到了哈珀先生，三天来人们试了上千次，想要弄清楚这一切到底是如何发展到今天这一步的。人们不可能一清二楚，但是他们已知的事实或许会给出一些蛛丝马迹。他们还想知道，哈珀先生嘴里说的"血脉"是否可能是真的。

每天早上八点，哈珀先生都会雷打不动地出现在门廊上。过去的二十年里，他坐着轮椅，如列王位，年迈而体态笨拙，接见成批的崇拜者。哈珀先生是一位退伍军人，上过北方的西点军校，并得到过杜威·威尔逊将军的亲自举荐。在西点军校，哈珀先生进行战事学习，但他从来没有机会参战。内战发生时，他还太年轻，而当他抵达古巴，美西战争已经结束，等到第一次世界大战发生时，他早已年迈，然而，第一次世界大战夺走了他儿子的性命。他从战争中一无所获，战争却夺走了他的一切。因此，在三十年前，哈珀先生就认为，生活根本不值得他站起来接见，因为它总是会将你击倒在地。于是他索性就这么坐在轮椅上，在门廊上审视世界，每天向聚集而来的人解释生活的杂乱无章。

周四，哈珀先生去了一趟塔克·卡利班的农场，这是三十年来人们唯一一次看见他从轮椅上爬起来。现在，他又像以前一样坐在轮椅上，仿佛从未离开过，柔软的白发像女人那样长长地从中间梳向两边，手交叉搭在鼓起来的小肚子上。

托马森由于生意很小的缘故几乎从不出现在他的杂货店里，但是现在，他站在哈珀先生身后，背靠橱窗肮脏的玻璃。鲍比-乔·麦科伦，人群中年龄最小的一个，还不到二十岁。他坐在走廊的台阶上，两只脚伸进排水沟里，手里拿着一根香烟。常客卢米斯懒洋洋地瘫坐在椅子上，他在威尔逊上过大学，但也就待了三个星期，他认为哈珀先生对现况的解释太不可思议、太简单了。"我不相信这一切只是因为血脉。"

"那还能是什么？"哈珀先生眯着眼睛，透过刘海的碎发看着卢米斯。他的说话方式和其他人截然不同，嗓音尖利，声音沙哑，像新英格兰州人一样。"请注意，我不像他们一样迷信，鬼神之说我不信。依我看，就是基因的问题，血脉中特有的东西。如果世界上有人的血脉是特别的，那就是塔克·卡利班。"他放低了声音，几乎是在耳语。"我能看出来，有一股特殊的力量在他的血液中蛰伏，沉睡，某天它苏醒了，塔克就会做他现在做的事。没有别的理由。我们一直没有找过他的麻烦，他也没有找我们麻烦。但是，一旦他的血脉开始骚动，一切就这么发生了……这场革命。我清楚所有的革命，我们在西点军校学习过。不然，你觉得有什么重要的事值得我离开自己的轮椅？"他的眼睛盯着街对面。"那是那个'非洲人'的血脉！就这么简单！"

鲍比-乔双手托着下巴，他没有转过身面对正在说话的老人，所以哈珀先生并没有马上反应过来这个男孩在取笑自己。"我听说过'非洲人'的事，很久以前有人讲过他们的故事，但是我不记得是怎么一回事了。"哈珀先生前一天刚讲过这个故事，此前也讲过很多次。"哈珀先生，你为什么不说说呢？让我们看看这一切到底有什么样的关系，怎么样？"

哈珀先生现在反应过来了，不过没关系。他太了解这些人的想法了，他们认为，一个老得一只脚踏进坟墓的人，不应该每天都出现在这里。但是哈珀先生喜欢讲故事，虽然他们会起哄。"你们和我一样，也知道那个故事啊。"

"啊，哈珀先生，我们只是希望你再说一次。"鲍比-乔装作小孩子一样娇声娇气地说道。哈珀先生背后有人笑了起来。

"嘿！我才不在乎。就算你们不想听，我也会说，烦死你们！"他往后一靠，深呼吸。"没有人相信我说的是真的吗？"

"你说的每一个字我们都相信。"鲍比-乔点燃手中的香烟，啐了一口唾沫。

"好，我就当你想让我讲这个故事了。"

"是的，先生。"鲍比-乔夸张地回答，但是发现其他人没有应和他。哈珀先生也察觉到了。"是的，您请说。"这一次鲍比-乔认真地说。

正如我所说，没有人敢说这个故事是百分百真实的。故事一旦讲出口，听故事的人当中，有一部分人认为他们可以把故事讲述得更完美，于是他们就这么做了——添油加醋地转述，故事自然变得更完美了。没有丁点谎言的故事算不上一个好故事，好比参孙[1]的故事，《圣经》里记载的未必全部真实。如果你将一个比一般人稍显强壮的男人的形象塑造得非常强壮，那也没坏处，所以大家就这么做了。说到"非洲人"的故事，他在一开始肯定是一个强大的角色，所以后来的形象上才会越发伟岸和强大。

我想他们希望我们能够牢牢记住他。但你认真想想，我们根本没有理由会忘记"非洲人"，就算一切发生在许久以前，

---

[1] 《圣经·旧约》中的力大无比的勇士，凭借神所赐极大的力气，徒手击杀雄狮，并只身与以色列的外敌非利士人争战周旋。

因为就像塔克·卡利班一样,"非洲人"为威尔逊一家工作,他们是这一带最重要的家族。那个时候的人更喜欢威尔逊一家,比我们现在喜欢得多。毕竟他们不像现在的威尔逊家族那样骄傲自负。

但我们说的不是今天的威尔逊一家,而是"非洲人"。他的主人是威尔逊将军的父亲——德威特·威尔逊,虽然德威特没有给他任何活儿干,但他主人的身份一直没有变过。

新马赛(那里现在也叫新马赛,以那个法国城市命名)的居民第一次看见"非洲人"是在奴隶船驶进港湾的那天早上。在那个时代,船只进港是一件大事,人们纷纷走到港口去迎接。和今天的萨顿比起来,当时的小镇地方也不大。

奴隶船缓缓驶进,鼓起的风帆收了起来,船板随之放下。船的主人从容地从船板上走下来,他同时也是新马赛奴隶拍卖的负责人。此人巧舌如簧,即便是那些缺胳膊短腿、脑袋不灵光的黑人,也能经由他手卖出高价。听说,他长得又高又瘦,浑身上下没半点肌肉。贼溜溜的眼睛,圆乎乎的鼻子,就像一个腐坏的橘子。他总是穿一件领口带花边的过时蓝色西服,身后隔着三步的距离跟着一个黑人。有人说这个黑人是拍卖主和一个女黑人生的儿子。我不确定,但我知道这个黑人的模样、步态和说话方式,都和他的主人很像。他有着和拍卖主一样狡黠的眼睛,相似的衣着,两人就像一个模子印出来似的,唯一不同的是黑人是棕色皮肤、卷头发。这个黑人担任拍卖主的会计和监督员,还有其他杂乱的职位。两个人站在甲板上,黑人静静地站着，拍卖主和船长握手。船长站在甲板上紧盯着手下人干活儿。要知道，那时候他们语言不通，所以我也不确定他们说了什么，我猜，大概就是："你好，旅途如何？"

港口早已站了一些人，船长看上去似乎生病了。"挺好的，除了有一个婊子养的特别难搞，不得不单独锁起来。"

"我们去看看。"拍卖主说，站在他身后的黑人点点头。事实上，拍卖主每次一开口说话，黑人都会点头，仿佛黑人是一个口技表演者，拍卖主就是他的傀儡，反过来也说得通。

"现在还不行，上帝啊！等所有的黑人都下了船，我会把他拉出来，好好教训一顿，可恶！"他抬手揩了揩额头，这时候，眼神好的人看见他额头上有一块蓝色的油污，好像有人朝他扔了车轮润滑油，他还没来得及擦掉。"该死的！"

这下，人群开始兴奋起来，除了一贯的兴趣，还有好奇，想看看那个惹麻烦的野种到底是何方神圣。

德威特·威尔逊也在其中。他既不是来凑热闹，也不是要买上几个奴隶，而是来取一口古老的大钟。德威特在萨顿城外建了一座新房子，从欧洲订了这口大钟。他迫不及待想要把这口钟装饰在房子里，而最快的方法就是让大钟跟着奴隶船一块儿送来。他知道让奴隶船捎带东西有多么大的风险，但心急的他还是选择了冒险一搏。大钟放置在船长的房间，用棉花填充好装在箱子里头，再装进板条箱中，塞入絮片，防止被损坏。德威特是来取货的，他打算将大钟装上四轮马车，赶紧运到新房子里，给妻子一个惊喜。

德威特和其他人都在焦急地等待。但是，首先走下来的是船员，他们用绳索将成排的黑人从船舱中拉出来，挥动手中的鞭子把黑人往前赶。女人们的胸脯几乎垂到了腰间，有的女人抱着黑人婴儿。男人们脸部扭曲，面容阴沉，像柠檬一样苦涩。大多数黑人瘦骨嶙峋，他们站在甲板上，由于太久没有见到阳光而不停地眨眼睛。拍卖主和他的黑人走到那排黑人奴隶面前，习惯性地检查他们的牙齿，摸摸他们的肌肉，你可能会觉得，就和我们检查商品一样。接着，拍卖主说："好了，把那个麻烦鬼带出来吧，怎么样？"

"不行！先生。"船长大声喊道。

"为什么？"

"我说过了。等其他所有黑人都下船了，我们再把他带出来。"

"当然，没问题。"拍卖主说。但他看起来很茫然，他的黑人也是。

船长擦了擦额头上带油渍的伤口。"你还不明白？他是黑人的首领。一旦他开口说话，他就有了追随者，我们会有更大的麻烦。我早就领教过了！"说完，船长再次擦了擦头上的油渍。

船员把黑人们推下船板，码头上的人群识相地走到一边，看着黑人们走过。你甚至可以从空气中嗅到黑人们的愤怒，他们被挤成一堆，没有一丁点活动空间，全都脏兮兮、疯癫癫的，随时可能打起来。因此，船长派了几个带步枪的船员守在旁边。另外一群船员，约莫有二三十人的样子，他们站在甲板上，焦躁不安，两只脚不停地挪来挪去。码头上的人很快就知道发生了什么事，船员在害怕着什么。你可以从他们的眼睛里看到，所有的船员都在惧怕那个船舱里被铁链拴在墙上的家伙。

船长看起来也有点害怕，他摸了摸头上的伤口，叹了口气，对他的同伴说："我想你最好亲自下去抓住他。"又对站在周围的二三十人说："你们都和他一起下去，全部都去。也许你们能控制住。"

人们屏住呼吸，像看马戏的少年一样，等待着一个吊着钢索的家伙进入到危险的巢穴里。即使是码头上站着的眼盲耳聋的老太太，也知道船舱里有什么东西准备露面了。所有人都安静下来，海浪拍打着船体，船员手持枪支的脚步声清晰而响亮。一切都预兆着船舱里的东西要出现在甲板上了。

然后，从船底某个黑暗的地方传来一声吼叫，声音极大，就像有一只甚至是两只熊被逼到了角落时发出的巨吼。声音太大，船舷都鼓胀了。人们知道，这声音是从一个喉咙里发出，因为没有别的与之混合，只有一个响亮的声音。紧接着，就在他们眼前，在离岸边很近的船上，突然裂开一个洞，瞬间碎片飞溅，就像有人把一把鹅卵石扔进池塘里一样，水花四射。人群听见一阵低沉的搏斗声、推搡声和叫喊声。接着，一个船员从甲板上跌跌撞撞地爬了出来，他的头不断在滴血。"天哪，还好他没有把链子从船壁上拉出来。"他说。所有人都再次盯着那个洞，没有注意到船员头盖骨都破了个洞。

好吧，先生，你可以认为，人群出于自我保护，不自觉地紧靠在一起，以防船底的家伙突破重围，在宁静的新马赛大肆破坏。这时，船上又变得安静了，船内也没有一丝动静。人们俯身倾听。他们听见铁链在地上拖动，接着，他们第一次看见了"非洲人"。

首先，他们看到他的头从舷梯上冒出来，然后是他的肩膀，他的肩膀太宽了，不得不侧着身爬楼梯。然后是他的身体。终于，他整个人出现在甲板上，几乎全身赤裸，除了围在身上的一块破布。他比甲板上任何人都高出至少两个头，浑身黝黑，像船长的油渍伤口一样闪闪发光。他的头和你在食人电影中看到的锅子一样大，一样沉。他身上挂着那么多铁链，看上去像一棵修剪得整整齐齐的圣诞树。但人们一直紧盯的是他的眼睛，他的眼窝深陷，让他的脸看起来就像一个巨大的骷髅。

他的胳膊下面有个东西。一开始，人们以为那是一块肿瘤或生长物，并没有放在心上。直到这块东西自己开始动，人们才注意到他有眼睛，是一个婴儿。是的，先生，一个像黑色午餐盒一样的婴儿，蜷缩在他的胳膊上，偷偷看着每一个人。

所以，人们现在看见了"非洲人"，纷纷往后退了一步，好像他和他们之间的距离根本不够远，好像他随时可以越过船的栏杆，朝他们冲过去，然后手一使劲把他们的头拧下来。但"非洲人"现在很安静，不像其他人那样在阳光下眨眼，反而像自己要晒太阳，于是命令太阳出来照射他。

德威特·威尔逊只是盯着看。很难说他在想什么，但有人说，他们听到他慢慢地对自己说了一遍又一遍："我要拥有他。他会为我工作。我要驯服他。我必须驯服他。"他们说他只是盯着"非洲人"自言自语。

拍卖主的黑人也在盯着"非洲人"，但他没有咕哝或说话。人们说，他看起来就像在给"非洲人"定价，一遍一遍从头到脚地打量他，然后加起来算总数：头部和大脑值多少钱，身体和肌肉值多少钱，眼睛多少钱……然后用蜡笔在一张纸上做笔记。

船长大声叫手下把黑人们带到拍卖广场去。在新马赛的中心有一个土堆，就是所谓的拍卖广场。一些船员在人群中清理出一条道路，另一些船员从船上下来，推着被铁链绑着的黑人们。码头上所有人都来了，他们要看看一个不错的奴隶能卖出多少钱，就像现在的人们读股市报告一样。更重要的是，他们要看看"非洲人"能卖多少钱。没一会儿，"非洲人"和他的"护卫队"来了，至少有二十个人，每个人都拉着一条链子，使他看起来像一个五朔节花柱，所有的人都围在他周围，站在他够不着的地方。

当他们到达广场时，他们把其他黑人拉到一边，"非洲人"和他的"护卫队"就直接上了一个斜坡。然后，拍卖主带着他的黑人往前走了三步，拍卖开始：

"各位，现在呈现在你们面前的是任何人都想拥有的、最有吸引力的财产。看看这身高,这肩膀,这体重,还有非凡的肌肉,高贵的举止。他是一个首领,所以有很强的领导能力。他对孩子很温柔,从他胳膊上的婴儿就能看出。没错,他破坏力很强,但我认为这仅仅是他工作能力的一个表现。你们不需要任何证据来证明我所说的一切,只要看看他,证据就足够了。为什么呢?要是我有一个农场或种植园,我会卖掉我一半的土地和所有的奴隶,筹集足够的钱买下他,让他代替一半的奴隶去工作。可是我现在要他也没用,因为我没有土地,这是我的问题。我不能利用他,我也不需要他,我必须把他脱手。所以,朋友们,这就是你们的机会。你们中的一个必须把他从我手里拿下。我会报答你的好意。是的,先生!别让任何人告诉你我不懂感恩。我要做的是,把他抱在怀里的那个小婴儿,以买一送一的方式送给买主,促成这笔交易!"

(现在有些人说,他们后来发现拍卖主当时是不得不"买一送一",因为最初船长试图从"非洲人"手里夺过那个婴儿,结果他的头被砸破了。所以,我认为拍卖主不可能把两件货品作为单独的货物出售,要是那样的话,他将不得不为了得到其中一件而杀死另一件。)

"现在,你们知道这是一笔划算的买卖,"他接着说,"因为这个孩子长大后会像他爸爸一样。所以,现在好好想象一下:当这个'非洲人'年纪太大不能工作时,你会有和他一个模子刻出来的人来完全接替他的工作!

"我想你们一定知道,我对价格和成本不是很敏感,但我要说的是,这里的工人不应该低于五百美元。威尔逊先生,您觉得他值多少钱?"

德威特·威尔逊没有回答,他一言不发,把手伸进口袋里,掏出一千元现金,就像你从西装上掸掉棉絮一样镇定。他走上斜坡,把钱交给了拍卖主。

拍卖主用他的绿色德比帽轻拍一下膝盖。"成交!"

接下来发生的事情,没有一个人能说得清,就算是声称自己是目击者的人,也不敢肯定。在看见钱的一瞬间,船员们不自觉地放松了手中的铁链。"非洲人"一个转身,铁链就像圆锯一样转动,从船员手中松开,留下一手鲜血。现在,"非洲人"手里握着所有铁链,就像女人上车时抓起裙摆一样将铁链收集起来。他立刻转向拍卖主,仿佛他明白拍卖主说了什么和做了什么,但实际上那是不可能的,因为他从非洲来,只能说非洲的语言。但他确实直冲拍卖主而去,一些人咒骂起来。"非洲人"用手中的铁链将拍卖主的头削了下来,戴着德比帽的头颅像炮弹一样在空中飞行了四分之一英里,然后在地上弹跳了相同的距离,最后还砸到了人群中某个人骑来新马赛的一匹马身上。后来有人走进城里,嘟囔着说,他不得不射杀这匹马——在被一个飞冲而来、戴着绿色德比帽的头颅撞伤腿部后,这匹马也没有什么用处了。

就在这时,奇怪的事情发生了。拍卖主的黑人在"非洲人"身上的铁链松懈下来时,往后退了一两步,他似乎并不关心已经丢掉头颅的拍卖主,只担心飞溅的血液会不会弄脏他的衣服。他跑向"非洲人",此时"非洲人"正站在尚未跌倒的拍卖主的躯体附近,他抓住"非洲人"的手臂,指着一个方向大喊:"这边!这条路!"

我猜"非洲人"还没搞清楚到底发生了什么,但他知道拍卖主的黑人正在设法帮助他,于是他朝着黑人指的方向跑去。黑人也跟在"非洲人"后面,就好像他曾经跟在拍卖主后面那样,隔着两三步远。"非洲人"从斜坡上跑下来,身上缠着近三百磅的铁链,他挥动着铁链,打断了七八条手臂和一条腿,从人群中为自己和黑人杀出一条血路。一些男人举起步枪瞄准他们,也许可以射中一两枪(至少可以阻止他们),但是德威特·威尔逊就像疯子一样跑上斜坡,挡在人群、"非洲人"和拍卖主的黑人之间,高声道:"别开枪!那是我的财产!我要起诉!那是我的财产!"这时"非洲人"已经跑出人群,向南直奔小镇尽头的沼泽地。男人们和德威特骑上马,带着步枪出发追捕了。

"非洲人"的逃跑速度非常快(他扛着的肯定不止婴儿和铁链,还有那个黑人,不然我不明白那个矮小的黑人怎么能够跟得上),德威特和那些男人始终追不上他。他径直穿过树林和沼泽,直奔大海,身后是被铁链毁坏的灌木丛、草丛和小树丛,铁链钩住的东西通通被他从地面扯了出来。威尔逊他们只是沿着这个踪迹追捕,足迹的宽度足以让两匹马并排通过,有如铅垂线般笔直。他们穿过沼泽,来到沙滩,痕迹在此戛然而止。

男人们认为,"非洲人"定是想游回家(有人说他带着铁链和婴儿也能成功),拍卖主的黑人肯定自己逃跑了。男人们深感疲惫,想索性回家,忘掉这件事。但是德威特肯定"非洲人"没有离开,没有游走,而是返回去了,于是他让人在沙滩上寻找蛛丝马迹。德威特的猜想是正确的,沿着海滩走了半英里后,他们发现了两道进入树林的痕迹。

现在,德威特很难找人帮他追捕自己的财产了。首先,天快黑了。其次,树林里没有之前那样宽阔的足迹了,因为"非洲人"肯定将铁链提了起来,使它们不会拖在地上钩住任何东西,就像小女孩在涉水时抓起裙子围在腰间。要在晚上去树林里追踪一个野人,你很难发现他,而且当你不确定人在哪里时,他随时可能出现,将你的头割下来。德威特冷静下来,他们在沙滩上扎起了营地,一些人去寻找补给,等天亮时,追踪再次开始。

但是那天晚上对于"非洲人"和拍卖主的黑人来说已经足够了。如今,人们比以往任何时候都更难抓住他,因为当他们进入树林里约一英里的空地时,发现了"非洲人"花一晚上时间用石头打碎的铁链和手铐。现在,他毫无束缚,一身轻松。他的身型如此庞大,速度如此迅捷,令你根本不敢猜测他可能会在哪里,人们发现,他可能出现在一百英里以内的任何地方。但是,德威特带着越来越少的随从继续追踪了两个星期,一直来到了现在威尔逊市所在的位置,然后又折回,沿着墨西哥湾,几乎一直追到密西西比州和一条进入亚拉巴马州的道路。最后，那些仍然留在德威特身边的人发现，他变得非常怪异。他几乎废寝忘食，每天二十四小时骑在马上，自言自语道："我会抓住你……我会抓住你……我会抓住你……"在"非洲人"逃跑了将近一个月后，人们看见德威特从马背上摔下来，很长时间没有醒过来，直到人们用担架将他带回自己的种植园。他在铺着羽绒褥垫的床上又睡了一个星期。他的妻子告诉大家，她一直在和德威特说话，当德威特醒来后，他开始大叫："是我！我也值一千元！我也是！"

现在，"非洲人"改变了策略。

一天下午，德威特和他的妻子正坐在屋子的前廊。德威特正在晒太阳，小口喝着饮料，试图恢复元气。草坪上，"非洲人"出现了，他穿着鲜艳的非洲服饰，手拿长矛和盾牌，就像一辆火车朝屋子开过来，像穿过隧道一样穿过屋子，穿过草坪，来到奴隶区。在那里，他释放了德威特家里所有的黑人，并把他们带入树林。直到他们消失在黑暗中，德威特还没来得及放下手中的杯子从椅子上站起来。

好吧，如果这还不够的话，第二天晚上，新马赛东部也发生了几乎相同的事。那家主人来到镇上，告诉所有人："当我听见奴隶房外面传来声音时，我正在安安静静地睡觉。天哪，当我冲到窗户边上，看见我全部的黑人都朝着树林方向跑去，那个人就像用后腿站立的黑马一样高大，在大个子后面隔着几步的地方，还有一个人，他挥舞着手臂，指挥着我的黑人奴隶往哪个方向逃。"

虽然德威特还在生病，但他坚持进城，出现在人们为了解决这个问题而举行的大型会议上。他说："现在，我向你们发誓，除非我抓住'非洲人'，否则我决不回家！请大家知悉，不管是白人还是黑人，只要能提供帮助我抓到'非洲人'的消息，我保证第二天他的兜里就会有我奖励的几千美金！"这个消息像煮卷心菜的味道一样传遍了整个地区。所以，几年后，如果你到了田纳西州，提及自己的来处，准保会有人问你："说吧，是谁拿到了德威特先生的赏金？"

德威特·威尔逊信守诺言。他再次出发追捕"非洲人"，在全州范围内追踪了一个月。有时候，他距离"非洲人"非常近，几乎要抓住他了，但仍然没有成功。他们的队伍经过杀戮、俘虏和战斗后，减少到了大概十二人。"非洲人"总是能以某种方法挣脱掉。一次，他们把"非洲人"困在河边，以为这一次肯定能抓住他，但"非洲人"只是转过身，潜入水中游走了。你知道，扔石头都扔不了那么远。他们也没办法抓住拍卖主的黑人。在"非洲人"战斗时，那个黑人抱着婴儿一直站在旁边，用那双算盘似的眼睛盯着眼前正在发生的事，双眼在绿色的德比帽下闪闪发光。是的，先生，他还戴着德比帽，但是除此之外，他的装束与"非洲人"一样，披着一条长长的彩色床单。

德威特又变得怪异起来，重复着他上次崩溃前相同的事情：不与任何人说话，甚至不与自己说话，情绪始终低落，沉默不语。此时，"非洲人"来了一场突袭，并放走了奴隶。德威特追上了逃跑的队伍,带回来了大多数奴隶,并当场杀死了更多奴隶,使"非洲人"统领的人数降到了十二三个。但是,"非洲人"和拍卖主的黑人却从来没有被抓到过。

然后,有一天晚上,他们在新马赛北部安营。除了德威特,所有人都睡着了。他正骑在马上看着火堆。这时,他听见背后响起一个声音,听起来像是拍卖主的鬼魂的声音,但其实不是。"你想要'非洲人'?我带你去。"

德威特转过身,看见拍卖主的黑人站在那里,披着床单,戴着德比帽。没有人看见或听见他进入了营地。

"他在哪里?"德威特问。

"我带您去找他。如果您愿意的话,我会上前,朝他脸上打一巴掌。"黑人说。

于是,德威特去了。后来他说,他不确定跟着拍卖主的黑人去是否是一件正确的事,因为等待着他的可能是伏击或是陷阱。但是他也说,他不认为"非洲人"会做这样的事。一些和德威特在一起的人说,那时候,德威特已经疯了,他会做任何只要能够抓住"非洲人"的事情,无论去到哪里,只要能抓住他。

于是,德威特叫醒他的人,一行人跟在拍卖主的黑人后面。他们走了不到一英里就来到了"非洲人"的营地。这里没有篝火,大约有十二个黑人无遮无掩地躺在光秃秃的土地上睡觉。"非洲人"正坐在空地中间,背靠一块大石头,黑人婴儿躺在他的膝盖上。他的头上盖着一块布,似乎在对着前面的一堆石头嘟哝着什么。

德威特想不明白,为什么没有人提醒"非洲人",他怎么就能偷偷地靠近"非洲人"了呢?德威特俯身问黑人:"为什么没有警卫?他知道我就在附近,为什么没有警卫?"

黑人冲他笑了一下。"有一个警卫,那就是我。"

"你为什么要这么做?为什么要背叛他?"

黑人再一次笑了。"我是一个美国人,不是野蛮人。另外,人应该跟着钱袋子走,不是吗?"

德威特点点头。有人说,德威特差点转身走回到自己的营地,试图忘记自己是以这种方式抓住了他的财产。他想要等到第二天,"非洲人"走了,再出发追捕,直到他用公平公正的方式抓住"非洲人"为止。因为似乎在经过了数周漫长的森林追逐后,他想也许会有机会真正抓住"非洲人",但最后他却败兴而归。这感觉就像一个侏儒妄想有机会成为一名职业篮球运动员。在经历一系列汗流浃背、骑马颠簸、寝食不安后,他是尊重这个人的。我想他一定有点难过,当他终于找到他的财产时,却是因为一个背叛"非洲人"的黑人的缘故,是他将一群白人带进了营地。但其他人不这么认为。他们宁肯不择手段也想抓住"非洲人",因为他愚弄了所有人,白人们对此心知肚明,想做个了结。

于是,德威特围着营地转了一圈,当他们把营地包围起来时,德威特朝黑人们大声叫喊,让他们投降。德威特点燃火把,这样"非洲人"可以看清自己已经被火焰、马匹和带步枪的人包围了。黑人们跳了起来，却立刻发现这徒劳无功，因为他们只有非洲的武器，于是他们把武器扔在地上。但是，"非洲人"横抱着婴儿从岩石上爬起来，转了一个圈，估摸着眼前的情况。他知道自己孤立无援了，所有的黑人不是分散在灌木丛中，就是站在周围，好像他们从来没有见过他，似乎他是来自三世纪的罗马天主教教皇，没人认识他。

他独自一人站在岩石之上，几乎全身赤裸，在火光中闪闪发光。他的眼睛就像黑色的空洞。接着，他走了下来。有人举起了步枪。

"等等！"德威特喊道，"看看能不能活捉他。你不明白吗？这才是重点。捉活的！"他踏着马镫，在火光中挥舞着双臂以引起注意。

有人认为自己成为英雄的时刻到了，觉得自己可以击败"非洲人"，于是他扬起马鞭，直奔向"非洲人"，但"非洲人"径直从马背上抓起那个人，就像从圆盘传送带上抓起一枚戒指一样，猛地将他的后背抵向膝盖，像扔干燥的鸟类叉骨一样将他扔到一边。

"如果你要开枪，那就瞄准他的四肢。"德威特喊道。

有人从圆圈的另一端开枪，人们可以看到子弹穿透"非洲人"的手，然后深陷在德威特的马所在的土地附近，但是"非洲人"似乎没有将枪击与任何疼痛联系起来，他的手甚至没有退缩或动一下。有人朝他的膝盖上方开枪，血像丝带一样顺着他的腿流下来。

他一直背对着石头,婴儿在那里睡觉。他又转了一圈,慢慢地环视所有人,也注视着站在德威特身边的拍卖主的黑人,但他的目光并没有停留,也没有表现出任何愤怒或痛苦。当目光来到德威特身上时,他停了下来。他们彼此对视,就好像在用眼神讨论着什么事情。终于,他们似乎达成了某种协议,因为"非洲人"微微鞠躬,像拳击手在一场比赛开始前那样,德威特举起步枪,对准"非洲人"仰起的脸,在他宽阔的鼻梁上方干净利落地开了一枪。

子弹击中了"非洲人",但他只是站在那里,最终膝盖跪地,双手朝前倒在地上。他似乎要融化了,但突然,他抬起头,脸上带着震惊的神情,好像突然想起来什么事情必须在他死之前完成,他大声恸哭,向熟睡的婴儿爬去。他的眼睛充血,手里握着一块大石头。他将石头举到婴儿上方,但是德威特在他将石头砸向婴儿之前击碎了他的后脑勺——"非洲人"死了。

所有人都一动不动。他们失望地骑在自己的马上,因为每一个人都想回去炫耀,说是自己把子弹打进了"非洲人"的身体里,杀死了他。

德威特翻身下马,走向还在沉睡中的婴儿。他不知道自己的父亲已经死了,但我想,他也不知道自己的父亲曾经活过。回到马背上的时候,德威特绊倒在一堆"非洲人"之前一直在对着说话的石头上,都是一些非常扁平的石头。德威特低头盯着它们看了许久,过了一会儿,他弯下腰,捡起最小的一块白色石头,放在口袋里。

哈珀先生声音嘶哑了。他停顿了一下，清了清嗓子，继续说："德威特·威尔逊回到新马赛，取走了他的大钟，然后骑着马回家，'非洲人'的婴儿和他一起坐在马车里，就在他身旁的座位，拍卖主的黑人也在马车上，车上的大钟滴答作响，那就是周四你在塔克的农场里看到的大钟。"他停下来，转过身对后面的人说："这就是整个故事，你我都知道，那个孩子是怎么被将军命名为卡利班的，当时将军才十二岁。"

"那就对了，就在将军读了莎士比亚的那本书以后。"卢米斯叹了口气补充道。

"不是书，而是戏剧——《暴风雨》。莎士比亚没有写书。那时候没有人写书，只有诗歌和戏剧。看来你在大学的三个星期里什么也没学到。"哈珀先生盯着卢米斯说。

"好吧，是一出戏。"卢米斯懊恼地同意道。

现在快到吃晚饭的时间了。有几个人离开了回廊。一阵暖风从东边的山脊上刮下来。一辆满载着黑人的车匆匆驶过，向北行驶，每个人都一脸严肃。

"还有卡利班，自从他成家后，他的教名便成为他的姓氏了。而且不止他一个卡利班，还有约翰·卡利班的父亲，约翰·卡利班的孙子——塔克·卡利班。'非洲人'的血脉在塔克·卡利班的血管里流淌。"哈珀先生现在满意地坐了下来。

"那是你的说法。"鲍比-乔将雪茄扔到街上。

"孩子，我原谅你竟然如此愚蠢。你总有一天会发现我不是傻瓜。你现在可以不相信我，对我来说没有关系，但你迟早会同意我的说法,你会向我道歉。"

有人嘟囔着说:"没错。"

"现在你看,哈珀先生,"鲍比-乔轻声地说,他甚至没有转过身来面对哈珀先生,只是在大街上来回张望,"塔克·卡利班一生中的每一天都在为威尔逊一家人工作。他怎么就在周四这天感受到了自己的非洲血脉呢?"他转过身来,"你告诉我?"

"孩子,好人不会撒谎;如果他不确定,那么他不会告诉你什么是真相。我现在告诉你,我不能回答你的问题。我只是说塔克·卡利班感受到了他的血脉,必须离开。虽然这和'非洲人'的做法不同,但本质上是一样的。至于为什么是周四?我不知道。"老人边说话边点头,目光从屋顶掠过天空。

这时,人们听见了一位老妇人走过来的声音,哈珀先生的女儿来了。她五十五岁,是一个老处女,有一头柔软的金发。"爸爸,你准备好回家吃饭了吗?"

"是的,亲爱的。我准备好了。"

"你们当中有人能帮助他下来吗?"她每晚都问同样的问题。

"好吧,我想我今晚不会再来了,明天教堂见。"哈珀先生此刻在街上了,他的女儿站在他身后,双手放在他宝座般的轮椅上,安静地等着。

"好的,先生。"他们一起回答。

"那么,晚安。别惹麻烦。"轮椅吱吱作响,载着老人离开了。

等哈珀先生消失在大家的视线里,鲍比-乔转向其他人,问:"你们真的相信血脉一说?你们认为这能解释发生的一切?"他以为老人一走,大家对老人的观点就没那么友善了。

"既然哈珀先生这么说了,那一定是答案的一部分。"托马森边说边把他往墙壁那边推了推,然后朝大门走去。

"是的,就是这样。"卢米斯向前摇晃身子,双手放在膝盖上,准备站起来。

"你们真的觉得这么简单?"

"好吧,我这么说吧,"托马森打开门,走进去,"你有更好的答案吗?"

"没有,"鲍比-乔看着托马森的肚子平贴在纱门上,"现在没有,但我会好好思考真正的原因。"

哈利·利兰

Harry Leland

那个周四，已经十点多了，然而，哈珀先生、鲍比-乔和斯图尔特先生谁也没有出现。哈利站在门廊上，与其他人隔着一些距离，正透过破草帽的帽檐下方朝远方眺望，他正在等待他的孩子——哈罗德，其他人则称哈罗德为"利兰先生"。他期望着孩子从转角出现，跑进广场，然后飞奔到托马森的杂货店里（只要他不骑马的时候，他总是在奔跑）。这天早上，在他们去镇上之前，哈利的妻子拜托他去看望里基特小姐。"哈利，她的屁股受伤了，她喜欢有客人到访。回来别告诉我说，你们都没有去看望她。"哈利点点头，心想："让哈罗德去，我送他过去。那女人让我心里发毛，我不明白玛姬怎么会不知道她和她的所作所为，而且我知道她想上床，但我不打算这么做。干脆就让儿子去。"想到这里，哈利又点点头。

他们骑着一匹没有鞍的马从农场出发，他的儿子坐在前面，双臂张开。当他们到达镇中心的将军雕像时，他把德亚克（他的马）拉停，然后让儿子从马上下来。"你不需要停留太久，只要进去说，'你好，里基特小姐，我的父亲和母亲听说你身体不舒服，让我来看看你'。"

哈罗德只是盯着他看。哈利知道他在想什么，又坦白说："我知道我也该过去，孩子，但是我不能。你去的话，只要进去打个招呼就可以出来。但如果我去，除非太阳下山，否则别想出来。所以，你要帮爸爸这个忙。如果她提起我，你就告诉她我有要紧的事情必须去托马森那里一趟。好吗？"哈罗德还是一动不动，继续抬起头，用那双灰色眼睛盯着他，像是破碎的灰色瓶子的一枚碎片。"我知道，哈罗德。我也不喜欢她。但是我年纪比你大，对她了解更多，更不喜欢。"男孩点了点头，脸上流露出一种理解的神情。哈利很满意，这下有人将他从困境中解救出来了。因为这对于一个小男孩来说，只是一个小困境，而对于一位父亲来说，则是一个更大、更糟的难题。接着，哈罗德转身朝西边的李街走去。

哈利坐在马背上看着他，哈罗德身穿蓝色工装裤和蓝白相间的横条T恤衫，有着一头和自己一样的沙发，长长的，遮住了耳朵和灰色的眼睛，看起来就像一个小的越狱犯。哈利一直看着他，直到他消失在拐角处，然后，哈利骑着马来到托马森的杂货店。

但是现在，他站在门廊上，听着男人们漫无目的的抱怨（哈珀先生不在，谈话也就失去了形式和范围）。他开始感到内疚：好像自己亲手将儿子推进了母狮子的巢穴。儿子比我更有胆识。天哪，我本应该和一个摔破骨头的四十岁老女人待在一块儿，但我出卖了我的儿子，等他回来，我得给他买点东西。他靠在柱子上，他的柱子，虽然柱子上没有写他的名字，但也没有其他人靠在上面。他没有参与谈话，继续朝街上的将军雕像望去，等着他的儿子出现在转弯处。

透过他的牛仔工作衫和夹克，他感到肩膀上多了一只肉肉的手。"你把利兰先生送去哪啦，哈利？"说话的人是托马森，是他在这群人中最好的朋友。托马森在胸前高高地系了一条围裙，就像一件脏兮兮的白色无肩带晚礼服。

"我让他去里基特小姐那里了。她……"

"你不用说。你不觉得他还太小吗？"托马森咧嘴笑了。"他看上去还不够大，没办法填补里基特小姐的空缺哟，我们当中的一些人也很难填补这个空缺。"

他们身后，男人们笑了。

"至少，我还没有堕落到想要填补什么。所以，我对她的情况一无所知。"哈利把胳膊肘往后一推，打在托马森的肋骨上，然后笑了，"最起码，这就是为什么我派哈罗德去的原因。我想让她离我远点。"

"但是你不担心你儿子吗？你想把他培养成正派的人，不是吗？"托马森故意夸张地说。

"她不会打扰我儿子，也许会给他点糖吃。"

"这就是我要说的！她会把他抱在怀里，说六年后再来，等他长得和爸爸一样大，那么她就会给他看一些真正特别的东西！"

男人们又笑了。

"啊，闭嘴！"哈利并没有真的生气，他转过身来，又朝街上看了看。然后他看见了儿子转过拐角，跑了过来。

"他来了。"托马森拍了拍哈利的肩膀，"跑得真快，我猜她这次没有捉住他。不过这孩子到处跑，真是勇气十足。"托马森说完转身离开，回到自己的位置上，靠着墙。

男孩已经跑到杂货店对面，他停了下来，在街上来回张望，然后朝着山脊走去，那里似乎有什么东西引起了他的注意。他又看了一眼，急匆匆地跑过马路，跳上门廊。"爸爸，来了一辆卡车。"与此同时，他伸出手来，把什么东西塞到他父亲手里——三支长长的、从烟嘴开始逐渐变粗的泥浆色雪茄。

"哪来的？"

"里基特小姐给我的，说是给你的，请你找个时间过去看她。"他停了下来，低头看着城镇的边缘，好像在期待什么东西出现，"来了一辆卡车。"

后面的男人们爆发出一阵笑声，哈利把雪茄塞进衬衫口袋，转过身来，假装很骄傲的样子问道："她给你们这些家伙送过礼物吗？"

"爸爸，我看见一辆卡车过来了，那是……"话音未落，卡车出现在他身后。那是一辆又大又黑、四四方方的卡车，后面堆满了白色晶体，在清晨晚些时候的阳光下光彩流溢。空气中响起卡车急刹的声音，一小部分货物掉落在人行道上，发出的响动像是在碗里搅拌早餐燕麦片的声音。

有人走到门廊边，用手遮挡住阳光。哈利把手放在男孩的头上。这时，穿牛仔裤的司机从皮革座椅侧倾斜身子，从已经打开的车窗中探出脑袋,问道:"卡利班一家住哪里?"

"沿这条路再开上大约一英里半。"哈利走下来一步,伸出手放在车窗边沿,"你不会错过它,他们家看起来就像三个白色的扁平盒子。你的车后面运的是什么?粗盐?"

"除非你是卡利班,否则就不关你的事了。"男人们笑了。司机犹豫了一下,没有意识到他差点把哈利当成黑人。"不过你说的是对的。就在这条路上?三个白色盒子?"

"是的。你说,后面的是盐吗?"

"没错,盐。他要盐。我给他带过来。就在这条路上,一直走,是吧?"

"他要盐做什么?你知道吗?"

"不,我不知道。他这么要求的,十吨。他有钱,我有盐,成交。沿着这条路一直走吗?"

"是的。"

"好的。"司机摇起只能关上一半的破车窗,向后滑回座位上,然后发动引擎开车走了。卡车冲上高速公路,在道路两边扬起尘土。

"对那个黑鬼来说,买十吨盐真是太有意思了。"托马森转向哈利,"来吧,我有东西给你看。"他微笑着示意哈利走进杂货店,男孩跟在他们后面。

店里,店主人托马森伸手到柜台下方,拿出一瓶威士忌和两个厚底玻璃杯。哈利靠在一个腌菜缸上。哈罗德站在他旁边,踮着脚,皱着眉头,他的目光透过蓬乱的头发,朝着一个低矮货架上的一罐巧克力望去。"嘿,托马森,给我五美分的巧克力,好吗?"虽然我没有提过要给孩子奖励,没人知道这回事,但我向自己保证了,这就足够了。哈利心想。

托马森拿起一柄长勺,称了大概十美分的量,然后放进袋子里。哈利示意托马森将袋子给哈罗德,哈罗德高兴地接过来,惊讶得说不出话。他开始吃巧克力,每拿出来一颗后都将袋子绑得死死的,好像新鲜的空气会毁掉它们一般。哈利转过身对店主说:"不知道他要这么多盐做什么?"

托马森倒了两杯酒,耸耸肩。"该死的,我不知道。一定对他的农场有好处,不然他不会买。"

哈罗德从他的糖果里抬起头来。"爸爸,塔克,那个好黑鬼,你是在说他吗?"哈利感觉到男孩在拽他的裤兜。

托马森俯身在柜台上,低声对男孩说:"谁告诉你他是一个好黑鬼,孩子?你要知道,他是一个邪恶的黑鬼。"

哈利感到男孩的脸蛋紧挨着他的腿,低头一看,发现他正在害羞地打量自己。他们都知道发生了什么事情:大家都说不要用"黑鬼"这个词。而且,哈利和他的妻子不希望他对于任何好事或坏事抱有离经叛道的意见,他们想知道,他到底从哪里学到了这些。哈利仿佛已经听见妻子在说:"你让儿子和一群满嘴脏话的人待在一起,难怪他的想法会如此疯狂。"

"谁告诉你塔克是一个好黑人的,哈罗德?"

"没有人。"他对着哈利的腿说,"我只是……"他停了下来。哈利转身回到托马森这边。

"再来一杯如何?"他拍打柜台,听起来像是用锤子敲钉子。

"当然了,来。"他抓住酒瓶的瓶颈,"但是我们得小心我的妻子,她总是突然出现……"

哈利举起手,打断了托马森的话。"哈罗德,小心看着托马森太太,她一来就和她打个招呼!"他对托马森笑了笑,"大声点!"

男孩走出去,坐在地板上,用鼻子顶着被踢得变形的屏风底部。男人们互相碰杯,敬酒,把酒举到嘴边,一饮而尽。

"爸爸?"

托马森将玻璃杯和酒瓶从柜台上扫下来,迅速又笨拙地藏在柜台下。两个人大概都站直了身子,擦了擦嘴。

"爸爸,哈珀先生来了。"

托马森紧张地笑了。哈利走到门口,把手放在男孩的头上。"下次就说是哈珀先生,你差点没把托马森吓死。"店主脸刷地红了。

他们回到门廊,哈利靠在柱子上,男孩站在他旁边。今天早上晚些时候,哈珀先生的女儿推着他来到镇中心。当他来到门廊时,人们合力将轮椅抬到中间,和他互致问候。与此同时,他女儿几乎马上就折返回家了。老人往后一靠:"今天发生什么事了,哈利?"

"没什么,除了一辆卡车……"哈利说。但是哈珀先生转向了哈罗德。

"利兰先生今天怎么样？"

哈利感到男孩躲到了他身后，夹在他的臀部和柱子之间。有趣的是，他不喜欢哈珀先生，虽然他从来没有伤害过哈罗德。我认为，哈罗德是想不明白怎么会有一个人能活到这么老。"他很好，哈珀先生。"

在门廊上，所有人都无所事事，有一搭没一搭地聊天。哈利用一条胳膊抱着柱子，他的儿子坐在前面，手里拿着一根棍子，在公路边的裂缝上刻字，不时地往后靠，所以他的头时不时轻轻地撞在哈利的膝盖上。在他们身后，人们会问哈珀先生关于国际大事件的问题，当哈珀先生回答问题时，无论人们是否真正理解，都会点头抱怨。到了午饭时间，人群开始散去。他们知道老人吃饭的时候想一个人待着。很快，他的女儿轻快地从公路中央走过来，胳膊下夹着一个灰色的金属饭盒。

哈利和男孩走进杂货店，哈利买了他们的饭菜，走到杂货店后面，坐在阳光下。当他们把奶酪、饼干和牛奶放进蜡制的容器中时，哈利点燃一根里基特小姐送他的雪茄，然后看着男孩假装在抽一根褪了色的黄色麦秆，伸手划了一根火柴，把火柴的一端烧成灰烬。男孩走近他，把头靠在他的肩膀上。"爸爸，塔克为什么要买那么多盐，你知道吗？"

"不，我不知道，儿子。"他抽着雪茄回答，"塔克很奇怪，不是吗？我听说他做了比这更奇怪的事情。"他突然想起来什么，急忙转过身来："告诉我，你妈妈和我是怎么跟你说'黑鬼'这个词的？"

男孩低下头,在两腿之间寻找答案。"你说,不要用黑鬼这个词。"

"你还记得为什么吗?"哈利不想自己听起来太严厉,但他没有做到。这里每个人都用黑鬼这个词,连他也很难不用这个词。

"你说这是一个坏名字,除非你想伤害他们,否则你不会这么称呼他们。"男孩抬起头,着急给出一个正确的答案。

"没错。要记住,明白了吗?"

"是的,先生。"

"听着,哈罗德。"他转向男孩,在脑海里寻找着甚至对他自己来说都十分陌生的词语,他不知道为什么会有这样的感觉。但不知怎的,他觉得告诉儿子这些是对的。"总有一天,当你到了我这个年纪,事情可能就和现在不一样了。你必须为此做好准备,明白吗?如果你像我的其他朋友一样,你就不可能和各种各样的人相处融洽,你明白吗?"

男孩没有回答。他抬头看着他的脸,眼睛被一头沙发遮住。

哈利继续:"你看,我认为没有一个词语在最开始便是坏的。它只是一个词,然后人们开始赋予词语意义。可能你想要通过这个词所表达的意思和其他人的不一样。就像学校里有人叫你娘娘腔,那并不意味着娘娘腔是一件不好的事情,这就像有人说你的眼睛是灰色的,只是事实而已。但是如果你把有色人种称为黑鬼,他会认为你在说他很坏,而你也许根本不是那个意思,这回明白了吗?"

"明白了,先生。"

"好吧,哈罗德。我没有生你的气,你知道的,不是吗?过来。"他把雪茄湿润的一头靠近男孩的嘴巴,"别真抽,你会生病的。看在上帝的分上,别告诉你妈。"

他看着男孩叼着雪茄,做出一个苦涩的鬼脸,但仍然为自己差点抽到烟而自豪。然后,他把雪茄拿走。"我想我们可以回去了。哈珀先生现在应该吃完午饭了。"他开始站起来。

他们是第一个回到门廊上的,接着,其他人陆陆续续回来了,成群结队地站在那,说着话,凝视着低矮屋顶上飞过的鸟儿。哈利靠在柱子上,扫视着城外的地平线。哈罗德坐在门廊的边缘,不再在马路上刻字了。他们一直待到午后,感受着寂静,看着几辆路过的汽车,有着奇怪的彩色车牌,载着游客,也许他们在古老的、充满法式风情的滨海城市已经饱览了所有该看的风景,因此丝毫没有意识到这里正是将军的出生地,只是毫不知情地疾驰而过,继续前往州首府的方向。

接着,他们看见一辆马车从北边驶来,那是一匹红色脊梁的马,背部弯曲得像是被大锤撞击得变了形。然后,他们看见驾驶马车的人疯狂地鞭打着马匹,就好像后面有鬼魂或上千个愤怒的黑人在追赶,他的脸由于喝了酒而像马背一样红。所有人都听到了马蹄踏在人行道上砰砰作响,斯图尔特一个刹车,拉停住了马,缰绳把马嘴擦出了血,马车的铁轮在地上留下了十英尺长的痕迹。车夫东倒西歪地从座位上跳下来。"刚才看见了最该死的东西!啊,你好,哈珀先生。哈利,我看见了最该死的东西。"

"你看见了什么?一群大象吗?"哈利吐了一口烟,浓烟笼罩在斯图尔特的头上。男人们笑了,但当他们意识到哈珀先生正坐在椅子上时,突然又都不笑了。他们的嘴巴紧闭,双唇窄得像一张纸上的折痕。

斯图尔特屏住呼吸,无视人群的评论和笑声,只和哈珀先生说:"我从家里驾车出来,经过那里,看见塔克·卡利班正在往他的地里撒盐,粗盐!我喊他,他不回答我,只是不停地将他前院成堆的盐往他肩上的背包里装,都装满了。"

没有人注意到哈利猛地挤了进来。那辆卡车。原来那就是塔克买盐的原因。那就是粗盐的用途。斯图尔特的脚上甚至还沾了一些盐粒。无人在意,尽管他们都看见了卡车和堆得高高的盐。

"你说什么?盐?"哈珀先生身子立刻往前倾,几乎是要往前走了。他一只手托在耳朵后面,推开一团白发。"你多久以前看见的?"

"就在我把车驾到这里之前,"斯图尔特觉得这些人并不相信他,开始大汗淋漓,摘下他的卷边黑帽子,用一条皱巴巴的黄色手帕擦了擦脑袋。"我发誓。"他用沾有烟草的食指划过胸膛。

"一定是这样,哈珀先生。"哈利转向老人,"我们都看见了卡车,满满一车粗盐。"其他人点点头。

"我好奇他为什么要这么做？"斯图尔特把一只脚放在门廊上。哈利感觉到儿子挨近了他一些。"一定是疯了。"有人低声附和，但是哈珀先生并不在意。

"把我抬上马车。"他把自己从轮椅上拉起来，轮椅向后滚去，干燥的轮子吱吱作响，似乎惊讶于自己不用再支持主人的重量了。他像一只瘦骨嶙峋的小鸟一样张开双臂，等待有人帮助他登上斯图尔特的马车。"斯图尔特，你坐后面，我要征用你的马车。哈利，你来驾车，我想死在床上，不想死在马车上。"

大多数人从来没有见过哈珀先生用双腿站起来，就在此时，托马森杂货店的收音机里好像有一个陌生而遥远的声音宣布了龙卷风即将来临的消息，街上挤满了奔跑的人群。斯图尔特挣扎着挤到马车的尾部闸门。其他人，包括黑人，拉起马的绳索，不知道自己在做什么，不知道自己为什么要这么做，或者他们要去哪里。

哈罗德坐在马车上哈利旁边的座位，跪下来，向哈利附耳，这样正在被抬上马车的哈珀先生就听不见他说的话了。"爸爸，我以为他不能走路。你说他不能走路。"

"不，哈罗德，我没那么说。我说他认为并没有什么事情值得他走路，也许现在他发现了什么。"

哈珀先生现在坐上了马车，喘着粗气。哈罗德尽量靠近他的父亲。哈利则俯身和那只红色的动物说话。红背脊的马儿就像马戏团里用红气球捆扎的玩具一样，载着他们朝城外走去。

沿途经过一排排杂货店和房屋，经过那些从杂货店和房屋里出来好奇张望的人们，仿佛在南方邦联日游行一样。许多人一言不发，他们的目光掠过马车、马鞍、马达，最后落到哈珀先生身上。

在城市的边缘，马车经过右侧黑人居住的区域，一排排低矮的、被风腐蚀的建筑物。黑人也注视着哈珀先生，不约而同放下了手中的活计，停止谈话，只让自己的目光跟随着哈珀先生。

随后，他们在路上遇到了华莱士·贝德洛。此人正骑在一匹橙色的马上，整个人像一辆煤车一样宽，一样黑，像一只大狗那么大。他一如既往地穿着那件在打桩比赛中赢回来的白色夹克。华莱士停下来，调转马头，加入了哈珀他们的队伍。

两组人沿着公路向塔克·卡利班的农场前进，终于，哈利看见了远处的白色农舍，由三间小屋并排连接起来，去年夏天刚刚刷过漆。农舍后面是一间坚固的、褪了色的谷仓。谷仓前面是一个不比客厅大的方形畜栏，一棵枯死的、腐烂多年的枫树立在其后。一个小个子的男人正在田里干活，每挥动一下胳膊，就闪过一层秋霜般的白色。

他们在公路边上停下来，坐在马车上，马背上，等待着哈珀先生做点什么。哈珀先生伸出瘦弱的胳膊肘，请哈利和托马森帮助他从马车上下去，把他带到篱笆边。哈珀先生一句话也没有说，他没有像对待其他黑人那样呼唤塔克，相反，他靠在篱笆边，看着这个只有男孩般体型的黑人在工作，似乎他正在尊重塔克的工作，直到塔克工作完成才会打断他。

斯图尔特看见塔克,然后一路挥鞭赶往城里时,塔克已经完成了四分之一的工作,现在几乎快干完一半了。穿过田野,哈利看见塔克,他穿着一条黑裤子和一件白衬衫,整个人黝黑,几乎被掩盖在环绕着农场的树木的阴影中。哈利看着塔克用完了手中的盐,然后慢慢地朝着房子和土堆走去,跨过一道道犁沟。接着,塔克走到了哈利附近,他低着头,哈利可以看见他那颗大脑袋上的一些小特征,扁平的鼻子上戴着钢圈眼镜。如果说塔克发疯了,正如斯图尔特在门廊上说的那样,那么此刻他完全没有表现出发疯的特征。在哈利看来,塔克十分安静,若有所思,似乎没有在做什么反常的事情。就好像他正在播种。就像春天到了,他早早地开始耕种,不必担心错过了最初的好日子。就像我们每一个人在春天里早早起来,吃饭,然后出去种地。只不过,他并没有种任何东西。他在杀戮这片土地,但他看起来并不讨厌这片土地。这不像是某一天,他醒过来,然后自言自语:"我可不想再伤筋动骨了。我要在这片土地毁掉我之前毁掉它!"他并不是像疯狗一般跑出来,疯狂地把盐撒遍土地,而是像播种棉花或玉米一样把它撒下来,仿佛当秋天来临,它们会成长为能换来报酬的农作物。他那么瘦小,甚至不比哈罗德强壮,却做了如此可怕的事情。就像一个男孩在搭飞机模型,或者是在爸爸旁边用锄头干活,假装自己才是父亲,这是他的土地,而他的小儿子正在旁边工作。

此时,塔克距离哈珀先生足够近了,哈珀先生伸手拍了拍他的肩膀,用一种低沉到几乎无法被站在近旁的哈利所听见的声音说:"塔克,你在干什么,孩子?"男人们在等一个答案。塔克此前从来没有和斯图尔特说过话,这并不奇怪,但他们肯定,只要一个人有舌头,他肯定会回答哈珀先生的话。然而,塔克似乎没有认出来哈珀先生,只是继续往袋子里装盐。"塔克,塔克·卡利班。"哈珀先生又对他说,"你听见了吗?你在做什么?"

斯图尔特已经站在围栏边上了,他红着脸,面容扭曲。"我要让那黑鬼知道什么叫作尊重!"哈珀先生伸出手来抓住他的胳膊,速度之快使两个人都感到惊讶。

"别管他。"哈珀先生转身离开了栅栏,"你阻止不了他,斯图尔特。你甚至不能伤害他。"

"你是什么意思?"斯图尔特绊倒在老人后面。

"他已经开始做些什么了,你现在什么也不能做。就算你把他送进医院,等他痊愈之后,他依然会带着背包往地里撒盐。"他让哈利帮助他坐上马车,"我还是坐下来看看吧,这得花很长一段时间。"

哈珀先生回到马车上不久,黑人们就到了,聚集在路边。白人们仔细地观察着他们,寻找可以帮助他理解眼前发生的事情的线索。但是他们只发现了令人沮丧的一面,甚至开始恼怒。你能看出来,他们也对此毫无所知,就好像塔克是一个埃及人,而他们对这件事的了解不比我们对骑骆驼的了解多。

在大部分已经变白的土地上,塔克继续抛撒如冰雹般的粗盐粒,一次又一次,来来回回,把盐装满背包,再把背包清空,一把一把地往地里抛撒。太阳开始弯下身子躲进树林里头,在太阳距离地平线不到三个指头的时候,塔克完成了他的工作。他穿过田地,将背包扔在还没有消耗完的盐堆上,在傍晚的寂静中,用袖子擦去脸上的汗水,打量着他一天的工作成果,然后走进屋里。

"你看见了吗?"斯图尔特从篱笆旁边转过身来,"这么好的盐,浪费了。我敢打赌,你能用这些盐做出很多个冰激凌。"他开玩笑说。

"保持安静,斯图尔特。"哈珀先生向前探身,"也许你会学到一些东西。"

门开了,塔克走进院子,一手拿着斧头,一手拿着步枪。他将斧头和步枪靠着围栏放下来,然后消失在房子周围。当他再次出现的时候,他牵着他的马,一匹年迈的灰色牲畜,腿有点跛。他还牵着一头牛,颜色就像刚切好的木材。他打开畜栏的门,盯着那两头牲畜看了一会儿,然后依次抚摸它们。哈利看见他站起来,将马和牛拉进畜栏,关上大门,爬上栅栏,坐在上面,步枪就在他的膝盖下。

他射中了马的头部,黏糊糊的血从耳后顺着马脖子和左前腿流了下来。它坚持站了整整十秒钟,眼皮垂到它鼓胀的眼睛上。它盲目往前跨了一步,随后就瘫倒在地。那头牛嗅到了死亡和鲜血的味道,用它平生最快的速度穿过畜栏,乳房快速而剧烈地晃动着。子弹射进它的身体后,它仍然保持前进,直到撞上栅栏,被弹回来。它转向塔克,像一个无缘无故被打了一巴掌的女人，表情古怪地尖叫起来。塔克趴下来看了看它们。

塔克开枪射马的时候，哈罗德的眼泪已经开始顺着脸颊往下流，虽然他内心深处感受到强烈，但哭得很轻柔。哈利如果没有低头看一眼，甚至不知道他在哭泣。哈利用胳膊搂住他窄小的肩膀，捏了捏，感受到他瘦弱的小骨头，直到确定孩子已经不再哭了，才赶紧替他擦脸，擦鼻子。

哈珀先生正坐着抽烟斗。卢米斯看着畜栏角落的尸体摇摇头。"真可惜，太可惜了。它们是两头不错的牲畜。如果我知道的话，我会买下来。"

托马森笑了。"闭嘴吧。你想来一杯的时候都管我借钱。你哪来的钱买一头牛和一匹马？"其他人趁机大笑起来，用困惑的眼角望着哈珀先生。他没有笑，其他人也转身望向院子。

塔克从畜栏里走出来，捡起斧头，夕阳下，他手里的斧头就像一根火柴，在黑暗中闪闪发光。接着，他走到一棵枝干扭曲的树前。那曾经是威尔逊种植园的西南边界，他的曾祖父和祖父曾是这里的奴隶和工人。有人说，将军每天都骑马来到这个地方，看太阳下山。现在它属于塔克，这片土地也是。他把手放在树干上，抚摸它的树脊和光滑的树皮，闭上眼睛，动了动嘴唇。接着，他后退一步，用斧头砍掉了这棵树。这是一棵又老又干、内部腐败的树，倒塌下来时吱吱作响，就像哈珀先生椅子上的轮子。他的脸上没有生气或发疯的迹象，只是有点紧张。他把树劈开，将斧头放在灰色的树的碎片里，把剩下的盐收进背包，就好像在播种一样，温柔地将盐撒在枯死的树根周围。做完这一切后，他朝房子走去。

"说吧！塔克！"华莱士·贝德洛从篱笆下大喊，"你是打算种一棵盐树吗？"黑人们大笑起来，拍打着大腿。塔克什么也没说，从门廊来的人似乎比之前更加困惑。他们从马车和汽车里爬出来，像鸟儿一样在篱笆前排起队。斯图尔特的脸上开始出油，他伸手去拿黄色的手帕，想擦脸。"太疯狂了。如果黑鬼都不能理解另一个黑鬼，那么就没有人能了。也许我们应该叫人来把他带走，他疯了。"

哈利从马车上下来。"这是他的土地，他想干什么就干什么。"他瞥了一眼坐着的男孩，依然两眼冒着泪光。

哈罗德脸上的泪痕让他看起来和哈珀先生一样老。"斯图尔特说的是实话吗？爸爸？塔克真的疯了吗？"

哈利回答不上。他心想，如果我明天遇见某人，他告诉我今天发生的事情，那么我会说塔克肯定疯了。但是我不能这么说，我坐在这里目睹了发生的一切，我知道事实并非如此。疯狂并没有驱使塔克。我不知道是什么在驱使他这么做，但我肯定那不是疯狂。

下午悄悄地过去了，现在，在畜栏的上方，死去的动物尸体吸引了半个小镇的苍蝇。在农舍之外，田野的另一边是空荡荡的土地，还有被砍掉的树木，太阳像一枚燃烧着的崭新硬币一样落下了。

塔克已经进屋去了，门开着，哈利可以看到他瘦削的后背，白衬衫被一大片汗渍浸透，露出他深棕色的皮肤。他正在拖某些重物。一个趔趄，他就跌了一步。贝特拉，他的妻子，就站在门后面。

华莱士·贝德洛翻过篱笆，一边朝房子走去，一边脱下白色外套，露出里面的破汗衫。

"我不需要任何帮助，贝德洛先生。"黑暗中响起贝特拉的声音，"无论如何，谢谢您。"

塔克只是盯着这个比他高出至少十个拳头的人。

"卡利班太太？"贝德洛的声音从哈利头上响起，"你不需要像现在这样拼命干活。"他把外套搭在肩上，绿色格纹衬里已有破损。

"我知道你想搭把手，但是我们必须自己动手。不管怎么样还是要谢谢你，请您离开吧。"她的声音甜美又坚定。

塔克依然只是盯着他看。

贝德洛回到篱笆旁。塔克继续自己的工作。随即，在夕阳的余晖下，哈利看见了德威特·威尔逊祖父的大钟，也就是那个用非洲奴隶船运来、用棉花打包好的大钟。在"非洲人"经历背叛和死亡后，这只大钟跟随"非洲人"的孩子以及拍卖主的黑人一同来到了威尔逊的种植园。"非洲人"的孩子，也就是第一个卡利班，在七十五岁的时候被赠予了这台大钟，作为忠心耿耿服务的礼物，是将军赠予他的。第一个卡利班一开始是奴隶，后来成为雇员。这个大钟后来传给了塔克。

大钟现在在屋外，孤零零地立在院子里。大钟旁边站着几乎和它一样高的贝特拉。贝特拉正在孕晚期，她看着自己瘦小的丈夫消失在院子里，然后拿着斧头回来。他举起斧头，精准地劈在拱形大钟中间起保护作用的玻璃上，玻璃崩裂，砸在他的脚上。他不停地挥动斧头，直到这个精雕细琢的钢制品变成了一堆废铁和烧火的材料。

贝特拉早就进了屋子，现在正带着一个孩子出来。她抱着沉睡中的孩子，另外只拿了一个大红毯旅行袋。"塔克，我们准备好了。"

他点点头，眼睛盯着散落在院子里的木头碎片。接着，他朝畜栏望去，又朝田野望去。在暮色的余晖中，他整个人变成了灰色。这时候，婴儿哭了起来。贝特拉摇了摇他，就像在无声的摇篮曲中来回摇动，直到他再次睡着。

塔克看着房子。第一次，他看起来犹豫不决，也许有点害怕。

"我知道。"贝特拉点点头，"现在就去吧。"

他走进屋里，没有关门。再次出来时，他穿了一件黑色的司机外套，戴了一条黑色的领带。他轻轻地关上了身后的门。

橙色的火焰爬上房子中间的白色窗帘，像一个想要买下房子细细检查的人一样，慢慢地移向其他窗户，随着壁纸撕裂的声音冲破屋顶，火焰照亮了男人们的面孔，马车的侧影以及黑人的脸。

哈利看着熊熊烈火，以及被火焰涂上橙色的田野和树木。火花卷起，然后熄灭，最后在暗蓝的天空中消散。哈利把男孩从马车上抱起来，把他带到篱笆边，他们一起站在那看着。一小时后，火焰渐渐熄灭，到处是未燃烧殆尽的木头、布料和木瓦碎片,只有灼热的煤块仍然在燃烧着。从远处望去,烧毁的房屋瓦砾就像一座巨大的城市。

塔克和贝特拉朝篱笆走去,哈利在那一瞬间想,他们可能会说些什么,做些解释。然而,他们绕过马车,沿着大路朝威尔逊市的方向走去。

男人们从篱笆旁转过身来,每个人胸前都感受到了火焰带来的温暖与潮湿,他们互相对身边的人说"真是个贱人!"或者"都毁了,不是吗?"或者,"长这么大从来没有见过"。他们爬上马车,解开缰绳,开动起来。

哈利在篱笆边徘徊,当他目睹了一切他想要看到的东西后,他伸手想要拉住他的男孩,却发现男孩不在旁边。他环顾四周,走上马路,看见哈罗德正在和塔克安静地交谈。贝特拉在他们后面等着。他看见塔克转过身去,和贝特拉会合,继而消失在漆黑的夜晚。哈罗德开始朝哈利走去,但他是面朝着塔克的方向,背朝着哈利行走,好像只要他一直看着,黑暗就不会吞没那两人。当哈罗德来到他身边时,哈利什么也没说,只是把手放在男孩的肩膀上。

这时,男人们已经坐在斯图尔特的马车上,准备回城里去了。哈利把孩子交给其中一个男人,自己爬上马车。跛脚的老马把他们拉向萨顿,像来时一样,领着两个分开的小组前进。哈罗德坐在他身边。天很冷,男孩在发抖。哈利低头看着他,一手牵着缰绳,一手脱下夹克。

"给。"他将外套塞进男孩的怀里。"把它穿上。"

利兰先生

Mister Leland

塔克·卡利班没有和他说过多少话，但利兰先生将他视为朋友。在利兰先生看来，塔克在去年夏天的一个早上，就证明了他们之间的友谊深厚且永久。

那天清晨，在哈珀先生出现在门廊以前，他和他的父亲已经进城来了。父亲要向医生咨询他那无法摆脱的咳嗽。利兰先生独自一人坐在托马森杂货店前的路边，在公路边的一条缝隙里写写画画。他在坚硬的泥土中挖了大约一英寸后，缝隙里再也没有泥土了。他站在那里，看着杂货店的橱窗发呆。他不关心橱窗上的罐头食品、枪支、渔具，甚至玩具，只盯着那瓶毛茸茸的棕色花生，心里祈祷着有人能像优雅的教父一样，知道他的想法，给他买上一些。

忽然，他听到身后传来脚步声，从橱窗的玻璃上，他看见一个瘦小的影子，黑乎乎的大脑袋，这身材不及他父亲，甚至比不上自己。

塔克·卡利班走进杂货店，买了一袋饲料，准备走的时候突然又停下了脚步，他指着橱窗，和托马森先生说着话。托马森先生称了一整磅花生，然后把它们倒进一个棕色纸袋里。接着,塔克·卡利班走到门廊上,站在利兰先生面前。"你是哈利·利兰的儿子?"他低头看着他,好像要打他似的,但他没有举手,只是样子凶狠。

利兰先生躲开了。"是的,先生。"他是一个黑鬼,一个黑人,但爸爸说,要称呼任何比他年长的人为先生,即使是一个黑人。

"你想要花生,利兰先生?"塔克把棕色纸袋塞进他的怀里,"给你,花生。告诉你的父亲,我知道他想对你做些什么。"说完,他转身爬上马车,没有再看一眼利兰先生,没有微笑,也没有说再见,只是用一根系了绳结的棕色短棍打了他的马,然后驾车消失在大街上,只留下利兰先生在想,他的父亲想对他做些什么。塔克的话似乎有哪里不对劲,疯了似的,但如果情况很糟糕,他为什么给我买花生?我想这只是他的方式,就像爸爸和托马森先生总是吵架,吵得面红耳赤,但是爸爸说托马森先生永远都是他最好的朋友,除了妈妈。妈妈和爸爸也总是打架,所以,重要的不是人们的表情和他们说的话,而是他们的行为。然而,他决定,他要问爸爸打算对他做什么。当他真的这样做了之后,他的父亲非常认真地看着他,严肃而深沉地说:"你的妈妈和我想让你成为一个好人。"

对他来说这并不是一个真正的解释,但他确信,如果他的父亲想要他成为那样的人,即使他不太明白是什么、为什么,他也没有问题。如果能挣点花生,那就更好了。他没有再考虑下去。

这就是他和塔克·卡利班之间发生的所有事情，而所有能够加深他们之间友谊的，就是他们可能在城里遇见的时候，塔克会点点头，甚至会说："你好，利兰先生。"

但这已经足够了，所以当他看见塔克的农舍被烧得支离破碎，当他听见父亲的朋友用嘲弄的口吻谈论塔克，称他邪恶而疯狂的时候，他又开始哭起来。他推开围观人群树林般的腿，追着黑人跑上公路，他感到被背叛了，因为塔克做的事情似乎应该被称为邪恶和疯狂的，他想得到一些解释，好让他可以保护他的朋友，好让他在别人指责塔克发疯的时候说："他不是，他这么做是因为……"

他追上那两个黑人，叫住他们，但他们并没有转身，也没有停止脚步，更没有任何迹象表明他们听见了叫喊。他抓住塔克的衣帽，把它当作缰绳勒住他。

"回去吧，利兰先生。听我的话。"

"你为什么要走？"他清了清鼻子，歪着头问，"你不是魔鬼，对吧，塔克？"

塔克停下来，把手放在男孩的头上。男孩浑身僵硬。"他们这么说的，利兰先生？"

"是的，先生。"

"你认为我是吗？"

利兰先生看着塔克的眼睛。那是一双又大又亮的眼睛。"我……但是你为什么要做这些邪恶疯狂的事情？"

"你还年轻，不是吗，利兰先生？"

"是的。"

"你什么也没有失去,对吗?"

男孩不明白,他什么也没说。

"回去吧。"

他发现自己在后退,不是真的想,不是自己决定了后退,而是塔克最后的话语传递的命令就像一阵秋风在推动着他。接着他父亲的手搭在他的肩膀上,就像一束光,不是指引着他,而是被他指引,好像他的父亲是一个瞎子,他正在引导着父亲。接着,他被举到了马车上,开始发抖,父亲给了他夹克,他感到了温暖,与其说是油腻的牛仔夹克给予的温暖,不如说是父亲身上的烟草、汗水和泥土混合的味道。在马车摇摇晃晃前去托马森先生的杂货店的途中,他靠在父亲的肌肉上睡着了。其他人帮助哈珀先生下了马车,他的父亲把缰绳交给斯图尔特先生,后者问他们是否需要驾马车回家。"不,谢谢你,斯图尔特,我们今天早上骑着德亚克过来的。"他们绕到托马森先生的杂货店背后,穿过寒冷的阴影,发现了早上父亲留在这的德亚克。它被系在一个弯曲的小灌木上。父亲将他举上马背,然后自己爬上来,接着,他知道,他们就要转身上到公路,往家的方向走。没有走多远,他就醒了。"爸爸?"

"我在,哈罗德。"他能感觉到父亲的气息从耳边掠过。

"塔克说他失去了一些东西。"他记得塔克确实也问过他是否也失去了某些东西。"他说我很年轻,还没有失去任何东西。"他的父亲什么也没有说。"他说的是什么意思?"

他能感觉到父亲正在思考。

"爸爸，我丢东西了，是吗？就像我把你给我的弹珠弄丢了。这就是失去吗？"他仍然能感觉到父亲在身后，用双臂搂着他，如果不是要指挥德亚克，几乎都要抱着他了。他也能感觉到父亲在思考。终于，父亲开口说话了："我认为他不是那个意思，孩子。我认为他在说其他的事情。也许是……"

他等着，但父亲没有继续说。他不知道自己要说什么，也不知道塔克是什么意思，但是他有一种感觉（他并没有深思，而是不知怎的就有这种感觉），那就是它并不重要。

他们回到家，下了马路，进入谷仓。父亲解下德亚克的缰绳，牵着它走进那破旧的马厩。然后他们进了屋子。

他的母亲没有和他们打招呼。"哈利，你又是这样，十点钟才把孩子带回家！"她还穿戴整齐，发型也没乱，她的头发很黑，正如爸爸说的，就像蓝莓派里的夹心一样。

"老实说，玛姬，我也没办法。"他的父亲怯生生地说，"我们……"

"你总是这么说。你所有醉醺醺的朋友都叫他利兰先生，但你应该知道，他只有八岁。"她是主日学校的老师。"你们去见可怜的老里基特小姐了吗？"她把双手放在屁股上，转头背对他的父亲，开始和利兰先生说话。

"是的，妈妈。我们去了，她给了爸爸一些雪茄。"他知道自己撒谎了，转过身看着他的父亲，看到他嘴唇上掠过一丝宽慰和感激的微笑，这让他感到这并不是一个谎言，更像是在一起战斗的士兵,他的爸爸曾经在那里战斗,寻找战友的身影,因为他们都是士兵,必须让对方活着,否则敌人会伤害他们。而敌人,爸爸说,可能是一个士兵,或是上尉,甚至是一个中士,虽然爸爸自己也是一个中士,但是同样面对着敌人中和己方一样多的中士,他随时可能被开枪击中。

她又转向他的父亲。"你喂他吃东西了吗?"

"不多,你看……"他和他的父亲一同站在门里面,他的母亲站在厨房桌子后面,与他们对峙着。

"哈罗德,坐下吃东西吧。"她突然转向炉子,从沸腾的开水壶上方取过一个盘子,那是她专门用来保温的,热气腾腾的盘子被端到桌子上,尽管他以为母亲会把盘子"砰"的一声放下,但母亲还是轻轻地放了下来。利兰先生坐在后面。他实在是太困了,甚至感觉不到饥饿,但他知道,如果不好好吃饭,他的父亲会被责问得更多。

他的父亲走进房间一步。"玛姬?"

她不理他。"吃吧,哈罗德。"她不必这么说,因为哈罗德已经在吃了。

当他吃完时(他的父亲像一个上学迟到的孩子一样,偷偷地坐在他对面的座位上,跟着他的母亲在厨房里忙得团团转),母亲将他带到床上,弟弟沃尔特已经熟睡,和将军的雕像一样安静,一动不动。母亲等着他脱衣服,然后帮他祈祷完毕,才走了出去,她那温暖而甜蜜的吻依然停留在他的前额。他试图偷听父母在厨房的对话,但什么也听不见。

当他醒来时，已经是深夜了。他从来不认为每一天的黑暗时刻是真正的夜晚，那只不过是黑暗而已。夜晚是当他醒来，房间、屋子以及屋外都变得安静，而他又不得不去洗手间的时候。他起身走出大厅，经过父母敞开的房门，他们在床上紧紧地拥抱着，利兰先生曾被告知，他就是这样出生的，他的弟弟也是这样出生的。他上完洗手间，转身回去睡觉。

"哈罗德，起床了。"那是父亲的声音，这天是周五早上。"快点，孩子，我们要抓紧了。"

他立刻完全清醒过来。"发生什么事情了？"

"还没有。可能会发生一些事，你不想错过，对吧？"他父亲已经穿好了衣服，连帽子都戴好了。

"不想，先生。"他已经从床上爬起来了，站在床上，确定弟弟盖好了被子。

"我去看看能做些什么早餐。"他的父亲大步迈出房间。很快，他就听见厨房里叮当作响的平底锅的声音。他穿上背带裤，还有一件和昨天一模一样的干净衬衫。他有七件一样的衬衫，母亲将周几印在衣领里。他走进浴室，透过开着的门偷偷看他的母亲。母亲独自一人躺在床上，和沃尔特一样睡得很熟，黑色的辫子像友好的蛇一样绕着她的喉咙。他刷了刷牙，将头发弄湿然后梳直。就在父亲端着一杯咖啡坐下来的时候，他来到了厨房。他座位前方的桌子上有一杯橙汁和一碗麦片。他坐下来，开始喝果汁。因为牙膏的原因，果汁尝起来又冷又苦。"为什么我们要这么早出门？"

"想一开始就在场。"他的父亲正在吹着他的咖啡。

"什么开始,爸爸?"

"不知道。"他的父亲眼睛呆滞,有点发红。

"不管是什么,你还记得哈珀先生说的话吗?我认为还没结束,你想去看吗?"

"是的,先生。"

"那好。"父亲一笑,整个人也醒过来了。"快点。"

他尽可能快地吃,一开始还把舌头烫了,因为他从碗中央舀了一大勺。现在,他开始在边缘舀着吃。父亲坐在他对面,喝着咖啡。母亲喝咖啡时用的是一个咖啡杯,他父亲用的则是咖啡杯两倍大的马克杯。咖啡的热气接触到他瘦削、黝黑、表情和蔼的脸上,他的鼻尖冒出了汗珠。

他们吃完后安静地将碟子放进水槽,浇上自来水,然后走出后门,牵出德亚克。父亲将他举到马背上,然后自己爬上去,准备进城。时间还很早,田野、灌木丛和草丛还有清晨的雾气在蒸腾,就像爸爸的咖啡蒸汽一样上升。

他们来到了托马森先生的杂货店,发现并不是只有他们决定早点到门廊,还有鲍比-乔·卢米斯先生,当然还有托马森先生,他正在店里给罐头掸灰。对于哈珀先生和斯图尔特先生来说,现在还太早了。爸爸说,斯图尔特先生开始问斯图尔特太太,他一醒来能否到城里来,这使斯图尔特太太很担心,她最终答应让他在四五点钟做完了所有家务后去城里。

他们将德亚克带到杂货店后面,还是拴在那个灌木丛里,然后回到门廊上。利兰先生坐在鲍比-乔旁边的台阶上,就在父亲倚靠的柱子前。没有人向他们打招呼,他们都很了解对方,只是简单地开始谈论,无关塔克·卡利班,而是关于天气,试图决定今天到底是不是一个好天气。他们正在讨论的时候,华莱士·贝德洛来了,他没有骑着前一天那匹橙色的马——*我真希望他没有朝他的马开枪*——穿着白色外套和一条薄薄的裤子,随着他的步伐带起的微风沙沙作响。他从城北向他们走来,手里提着一个旧的纸板手提箱,一到门廊就点了点头,什么也没有说,他将手提箱放在公共汽车站牌旁边,在远离人群的门廊尽头。

那些人偷偷地看着他,鲍比-乔带着轻蔑的神情,但是利兰先生的父亲第一个发言了,在哈珀先生不在的情况下,在其他人的默许下,他就是发言人。"你好,华莱士。"

华莱士·贝德洛转过身来,微笑着,好像他的出现刚刚才被人发现,好像他们互相不认识似的。"你好,哈利先生。"

男孩的父亲从柱子上离开,朝黑人走了一步。"你要去哪里?新马赛?"

"是的,先生。"他脸上的笑容突然完全消失了。利兰先生在想,华莱士·贝德洛用了"先生"这个词,好像爸爸比他要年长,但实际上不是,因为当华莱士·贝德洛摘下他的帽子时,你可以看见皱巴巴的白发。但他还是称呼爸爸为"先生",就像我叫他或我叫爸爸为"先生"一样。

"久住吗,华莱士?"他父亲的语气就好像这些问题并不重要,好像除了他,没有人在听,没有人会检查每一个字眼。

"是的,先生。"

"多久?"他的语气中颇有些指控的味道。

"别想着我会回来,先生。"华莱士·贝德洛用一种似乎没有必要的挑衅态度回答。

"什么?"

"我想我不会回来了,先生。"他注视着所有人。"我正在等公交车,去新马赛,我想我不会回来了,不会……"

"你要搬去北边了?"北边是新马赛黑人居住的地方。利兰先生他们坐公交车去看电影时见过,公交车必须穿过北边才能到达市中心。

"不,先生。"华莱士·贝德洛的脸色更难看了。

"你要去哪里?"他父亲几乎是低声说道。利兰先生听见有人在叹息。

"我要北上纽约,和我的弟弟卡莱尔住在一起。"华莱士·贝德洛回过头来看着他们,哈罗德的父亲说:"噢。"似乎在警告他们不要阻拦他。但男人们什么也没有做,只是转过身随口聊天。华莱士·贝德洛也转过身,安静地等待公交车到来。公交车来了,华莱士·贝德洛上了车。这时,已经有七个黑人加入了他;他们同样手提箱,穿着他们最好的衣服,有一些甚至还系了领带。他们只是安静地等待着,谁也没有说话,仿佛白人不存在一样。当公交车从山脊上出现,车轮发出咝咝的声音,然后停在门廊边,他们默默地上车,将钱丢在塑料盒子里（好像每一个人都准备了正好的零钱），然后坐到后面，公交车载着他们离开了。

公交车驶离后不久，大卫·威尔逊先生从他位于富人区斯威尔斯的房子里走出来，出现在拐角处。他是一个长相英俊的男人，拥有一双忧郁的棕色眼睛，比利兰先生的父亲矮一些。他不是农民，而是将军的后裔，尽管他看起来丝毫没有继承将军的伟大，而被认为是将军姓氏的篡夺者。他拥有利兰先生父亲的朋友们共同耕种的大部分土地，因此他并不是他们的朋友。他走上前来，双手交叉在背后，一副深思熟虑的样子，既不和门廊上的人说话，也不看他们一眼，只是走进杂货店，买了一份报纸，然后沿着街道往回走，经过将军的雕像。

鲍比-乔朝街上吐了一口口水："去他娘的傲慢的浑蛋！"

在接下来的四小时里，每小时都有一辆公交车从新马赛开过来。每一趟车至少有十个黑人在安静、耐心地等待。他们仿佛被关在一具透明的棺材里，失去了交流的能力，甚至无法以任何东西为媒介与周围的世界或彼此交流。他们统一带着或是手提箱，或是箱子，或是购物袋，或是捆着绳子的包袱，每个人都穿着自己最好的衣服。

第二辆公交车来了以后，哈珀先生来到门廊。他没有说话，此时已经有更多的白人聚集在门廊上，他们当中有些人是碰巧路过，有些人比第一批人更晚地意识到出事了，有些事情要发生改变了。有人甚至向哈珀先生提了一些愚蠢的问题：为什么黑人要离开（他们理应知道）、他们要去哪里（这并不重要，而且要回答这个问题，还得单独询问每一个黑人），但是哈珀先生并没有用点头来回答他们的问题，只是坐在那里抽着他的烟斗，时不时转动轮椅的方向，看着公交车来了又去，看着黑人提着手提箱在门廊下安静地候车，手中还有早已准备好的正好的车费，有时候，还能看见一家老小，从祖母到孙子的黑人家庭。公交车经过将军的雕像后转了个弯，爬上山脊，操作换挡后，留下一尾巴的黑烟，然后消失。

当中午那趟公交车到来，司机并没有马上让黑人上车，而是让他们等着，自己拿着小木琴似的换钞机和一袋硬币爬出来，走到靠近车轮的窗户边，关上了车门。接着，他走进托马森先生的杂货店，买了一块奶油纸杯蛋糕和一个装牛奶的容器，然后走出门廊。

利兰先生这天早上已经见过这位司机两次，这让他联想到自己曾看过一部关于韩国空军的电影，司机就特别像里头的飞行员。司机吃完午餐，点了一支烟，低头看了一眼在等候的黑人，摇了摇头，接着深深吸了一口烟，凝视着冷却的烟灰。利兰先生正坐在门廊边上，他已经放弃了在裂缝里写写画画，而是检查起公交车的轮子，因为那轮子几乎和他一样大。当他转过身来时，看见司机的脸上表现出深深的不安。

哈珀先生移动着轮椅来到他们后面。"那么，现在这些人是要去哪里？"

"我自己也一直在想。"司机扔掉香烟，用脚趾扭着将它变成了一小块纸、灰烬和烟草，但利兰先生仍然能看见印在上面的蓝色字样。"今天，搭我的车去新马赛的黑人比以前多，男的、女的、小孩子，比以前任何一天的数量都要多，甚至比黑人选手第一次参加新马赛举行的棒球邦联比赛那天还要多，而且没有一个黑人离开新马赛。他们在火车站下了车，然后全都进去了。我看见各种黑人走进车站，问题是，我没有看见哪怕是一个黑鬼走出来。现在，现在，我问你他们去哪了？而且，别搞错了，不只是萨顿，还有高速路的沿线。他们从树林里跑出来，向我挥手，然后上车，走到后面。汽车就好像塞满了拿手提箱的黑色沙丁鱼。"

"嗯……"哈珀先生点点头，什么也没说，摇动着轮椅回到靠墙的地方，盯着高速公路，甚至都不再想管周围人的谈话。

他一言不发，直到他的女儿带着他的饭盒出现，才说了一句："谢谢你，亲爱的。"

利兰先生转过身，看着哈珀先生打开饭盒，想看他会吃些什么，但是他的父亲拍拍他的肩膀，点头示意他站起来，他们一起转过身，坐在阳光下，看着山脊上一群鸟儿像被风吹旋转的烟雾一样在盘旋，他们吃了父亲早在叫醒他之前就做好的三明治。吃完后，他父亲把手伸进夹克，掏出两个苹果，在胸前擦了擦，递给利兰先生一个。

"爸爸，黑人都去哪了？"他仔细检查了一下苹果，试图找出应该在哪里咬下第一口。

"不知道，哈罗德。"他的父亲咬了一口自己的苹果，嚼了嚼然后咽了下去。"我想他们都去了一个他们认为能过得更好的地方。"

"他们会回来吗?"

"我不这么认为,哈罗德。我猜他们正在采用所谓的军队式战略性撤退。好比你们有三十个人,而对方有三千个人,于是你们转身,一边跑一边对自己说,'该死的,现在逞一时之勇除了送命之外毫无用处,我们要后退,或许明天再来战斗。'我想,黑人现在做的就是撤退。"

"这不会让他们成为胆小鬼吗,爸爸?"

"别这么想。这一次看来,离开需要更多的勇气,孩子。"

利兰先生没有什么要问的了,但他却一边嚼着那温暖、几乎有些苦涩的苹果,一边在纳闷。为什么说逃跑比留下来更需要勇气?也许就像那一次在学校,伊登·麦克唐纳说他的父亲可以把利兰先生的父亲痛揍一顿,然后利兰先生回答:"不,我爸爸能把你爸爸揍扁,因为我爸爸不害怕任何东西,也不害怕任何人。"然后伊登说:"我打赌,如果他遇见一头熊,身上又没有枪,肯定跑得比黑鬼还要快。"利兰先生说:"他不会。"伊登说:"那么他就会死掉。"当利兰先生回到家,他问他的父亲如果遇见一头熊,而且自己身上也没有枪,是否会逃跑,父亲回答:"我想我会,哈罗德。你不觉得这才是明智之举吗?"利兰先生想到这里,觉得父亲似乎是对的,尽管他不喜欢去想父亲逃离熊或其他任何东西,但至少比将事情弄得一团糟,血淋淋地死去要好。也许黑人也一样。他正要问父亲是不是这样的时候,父亲站了起来,伸了伸懒腰,走到靠墙的桶边,将包装三明治的蜡纸扔进去。于是，他也站起来，跟在父亲后面走到门廊，决定这个问题以后再问。

下午，他们在同样的地方做着和早上同样的事情：等待更多的黑人提着手提箱出现在门廊上，也等待公交车从山脊上开下来。但这一次，一辆轿车先驶了过来。

那是一辆黑色的轿车，锃亮得就好像人们去做礼拜时穿的皮鞋。轿车开得飞快，比利兰先生昨天看见的那辆拉盐的货车的速度还要快，快得他没有办法用眼睛判断它的速度，看起来总是模糊不清。汽车镀银，就像电影里的战车，从后面看又像是火箭飞船。开车的是一位浅肤色的黑人（从玻璃后面看他的皮肤是绿色的），还有一个人坐在后座。直到汽车停在门廊前面，车窗摇了下来，里面的人伸出头来，人们才看清楚。利兰先生看见他是一个黑人，几乎和汽车一样黑，一样亮，长长的头发几乎遮住耳朵，像古代战士一样绑在脖子后面。他穿着黑色的衣服，戴着一副镶金边的蓝色太阳镜，脖子上的金链子系着一个金色的十字架，钉着耶稣基督，大得可以看见他手上的钉子。他没有看任何人，只和利兰先生说话。"上帝祝福和保佑你，年轻人。"

他的说话方式就像哈珀先生，爸爸说那是北方的说话方式。那么他肯定也是来自北方。难怪黑人都要北上，北方的黑人一定是像国王一样生活。他有点目瞪口呆，但还是努力挤出几个字："你好，先生。"坐在门廊边上，他能看见汽车内侧的车顶全都用软布覆盖着。

"你好。"他父亲的声音从头顶上飘过,他的膝盖就在利兰先生头部后面。但黑人并没有转移视线,继续盯着男孩。

"你是利兰先生吗?"

"是的,先生。"

好像这本身就值得奖励似的,黑人把手伸出车外,食指和中指推向男孩。夹在手指中间的是一张五美元的钞票。利兰先生胆怯地接过它,不知道黑人为什么要给他钱,一种恐惧慢慢地在内心深处蔓延。黑人的脸上现在呈现出一种近乎野蛮的表情,好像利兰先生虽然值得奖励,但同时也是邪恶的。

"利兰先生,我听说,你和一位叫作塔克·卡利班的黑人很熟悉。这是真的吗?"

"是的,先生。"利兰先生依然小心翼翼地拿着那五美元,好像这里有人让他举着钱一样,好像在教室里,老师让他拿着某个样本。他站起来,往后一靠,几乎倚在父亲身上,需要从父亲放在他肩膀上的手掌获取安全感。他注意到,在他们周围,其他人在汽车停靠的路边排成一排,正在透过车窗窥视。但是他们没有碰到汽车,好像汽车是一个火热的大熔炉。只有鲍比-乔似乎一点也不好奇,他眯着眼睛,似乎沉浸在痛苦之中,或者想造成痛苦。

除了他以外,黑人还是没有理会其他任何人。"那样的话,利兰先生,你能将昨天看到的一切都告诉我吗?"

利兰先生不确定他是否应该这么做,所以他几乎是直着脖子往后仰,从下往上看着他的父亲,看到他父亲点头表示同意。他又看了看那个黑人。然后说:"嗯,首先,有一个……"

黑人没有让他把话说完,而是终于承认了他父亲的存在。"我想你是这位孩子的父亲吧?"

他父亲点点头。

"那样的话,我想知道,是否可以请你允许让他带我去塔克的农场呢?"

"你的意思是我可以坐进小车里吗?"利兰先生曾经坐过几次公交车,但是从未坐过轿车。

他的父亲什么也没有说,站在那里盯着黑人。利兰先生再次抬头看着他的父亲。"爸爸,我可以吗?"

他的父亲在思考,不仅在想是否让孩子去,还在想为什么黑人要让他去。

黑人看了他父亲一会儿,然后把手伸进胸前的口袋,掏出一个更大的钱包,拿出十美元递给他父亲。"给,"他笑了笑,好像发生了什么有趣的事情,"我从你这里买走他一会儿。"他伸出手臂,探出身子,但和利兰先生不同,他父亲并没有伸手去拿,也没有表示接受这笔钱,他深深地盯着保护黑人眼睛的蓝色墨镜。

"不够?"黑人又加了十美元。利兰先生看到钱包里塞满了钱,他想,黑人可以一整天不停地从钱包里掏出十美元的钞票,但这个想法转瞬即逝。他关心的是坐车。"爸爸,可以吗?"

他父亲依然什么也没做,最后他慢慢地把头转向哈珀先生，哈珀先生现在已经被推到了门廊边上。看到哈珀先生点了一下头，他父亲转向黑人，问："你什么时候把他带回来？"同时，他伸手去拿钱。后面有人不自觉吹了一声口哨。

"大约一小时。我们只是去卡利班的农场。"

男孩感到父亲把他的头发弄皱了。"哈罗德，你想去吗？"

他自然是想坐进小车里的，但他不确定自己是否喜欢那个黑人。这个黑人和塔克·卡利班不一样，他很友好，尽管你在一开始并不这么认为。无论如何，他还是想坐车。"是的，爸爸。"

他父亲把手放在他的脖子后面，轻轻推了他一下。"到这来。"他们离开人群、黑人以及小车一小段距离。利兰先生跟在父亲后面，他父亲转过身，双手放在男孩肩膀上。

"哈罗德，记得我今天早上对你说的关于开始的事情吗？"

"记得，先生。"他深深地凝视着父亲的眼睛，可以看到他认真的双眼，虽然被帽檐遮挡带上了一丝阴影，但依然明亮而温柔。

"已经开始了，儿子，这个黑人知道答案。所以，你要记住他说的每一句话。"他停顿了一下，"所有的一切都要记得，包括他说话的确切方式，即使你听不懂，但不要担心，他说的话我有一半也听不懂，但是哈珀先生听得懂。"

"好的，爸爸。"

"你不害怕吧？"

他不太确定，但是他想坐小汽车。"不害怕，先生。"

"那好。表现好一点，举止得体，记住他说的每一句话。"说完，他望向小汽车，然后转过身，"为了我。"

"好的，爸爸。"利兰先生觉得自己是一个间谍。他们走回到汽车旁边，黑人打开门，利兰先生看到里面的座位和床一样柔软。黑人在座位上滑向一侧，利兰先生爬了进去，看见父亲抓住把手将车门关上。他坐在角落里，突然，他感到一股无形的推力，更深地陷进了座位里，尽管他没有听到马达的轰鸣声。地板上有地毯，玻璃让窗外的一切都变成了绿色，令人毛骨悚然。有音乐声从背后某个地方传来。当他转身，想向父亲和人们挥手告别时，小镇已经被远远地甩在了背后。

"现在，利兰先生，告诉我发生了什么事吧。"

他张开嘴，带着轻微的恐惧，一点点将故事以激昂的方式讲述出来。"首先，我们看见一辆黑色的运煤卡车从山脊上开下来，它开得飞快，后面装着粗盐。司机说他要去卡利班的农场，问我们在哪里。爸爸告诉他后，他就走了。后来，斯图尔特先生来了，他说塔克正在往他的地里撒盐，于是我们就去看了，门廊里的所有人，还有一些黑人也去了。整个下午大家都在看着塔克。他把地里弄得像施过肥一样白，但是那不是肥料，而是粗盐。然后他走进屋子，出来时拿着步枪和斧头。他坐在畜栏的篱笆上，先是射杀了他的马，鲜血刹那间喷洒出来，就好像你用一枚大头针扎破了装满鲜血的气球。边上那头牛吓得又跑又叫，他也射杀了它。牛转过身，你还可以看见它头上的洞，但牛似乎不知道，但接着它就真的死了。然后，他拿起斧头,砍倒了院子里的老树。以前,将军最喜欢那棵树,经常在那里骑马。塔克接着进了屋子,放火将屋子烧了,然后走了。"利兰先生突然停下来,他不愿意告诉黑人塔克对他说的话。黑人不认识塔克,如果告诉他,就好像泄露了一个特别的秘密。

"还有别的吗?"黑人透过太阳镜看着他。

"没有了,先生。不是关于塔克·卡利班的。"他撒谎了,然后又修改了自己的话,"今天早上我和爸爸进城时,又发生了更多的事情。"

"是什么?"

"首先,一个叫华莱士·贝德洛的黑人,拿着手提箱,穿着他工作时候不舍得穿的最好的衣服,还有轻薄得随风飘动的裤子,他说他再也不回萨顿了,等公交车来,他上了车便走了。还有更多的黑人,他们都带着手提箱,穿着体面的衣服,上了公交车就走了。"

他听见黑人近乎愤怒地问:"你认为有多少黑人,利兰先生?"

"我看到的,也许有五十个,但是他们只是没有车的黑人,还有一些有车的黑人开车走了。"

"我也是这么怀疑的。"黑人自言自语。

当他们到达塔克·卡利班的农场时,或者说到达那片残垣断壁时,现场还和前一天晚上一样,但有些地方不一样了。它看起来好像与塔克昨天毁坏后的现场一样,只是像很久以前发生的，因为燃烧后的灰烬已经变成了一种糊状物，这个地方看起来像被遗弃了很久，就像他父亲很久以前一大早带他去钓鱼的山上的农场。田地已经不是白色的了，露水融化了一部分盐，使它渗透到更深的土地里，所以现在地里呈现的是一种灰白色。畜栏上方的天空被苍蝇染成了黑色，动物的肉已经开始散发出甜味，就像糖果店里闷热的臭气。

黑人的司机把车停在前门的空地上，利兰先生首先跳出来，接着是黑人。利兰先生注意到黑人的腰有点粗，尽管他的胳膊和肩膀看起来很瘦。当他弯腰走出车门时，他脖子上的十字架晃来晃去，闪闪发光。

他们在农场里踱步，直到黑人在院子中间发现了大钟的残骸，那是一堆铁皮、黄铜、小轮子、弹簧，以及一些打磨精致的木头碎片。"这是什么，利兰先生？"

刚刚说的时候，他把大钟给忘了，便把它是什么告诉了黑人。

"发生了什么事？"

"他把树砍掉后，就把大钟搬到院子里。我爸爸在回家的路上告诉我，那是将军的钟——你知道将军是谁吗？他是陆军的杜威·威尔逊将军，他……"

黑人笑了。

"先生？"男孩走近了黑人一些。

"我只是在笑你说的话。年轻人，我们有两支军队。"

"什么？先生？"

"不过这不重要。别担心,继续说吧。"

他困惑了一会儿,看了看黑人,觉得这毕竟不是很重要,尽管他觉得黑人嘲笑他是不礼貌的。"嗯,将军把它给了塔克的曾曾曾……祖父,现在它属于塔克,他把它砍碎了。他……"

"这不正是一个光荣的伊始吗!"这不是一个问题。利兰先生不知道黑人说这句是什么意思,但是想到父亲的嘱托,便记了下来。

"看来差不多了,是吧,利兰先生。"黑人开始朝轿车走去。"除非,你还想起了别的什么。"他低头看着利兰先生,似乎有些怀疑。

利兰先生心想,黑人是不是知道了他没有把关于塔克的一切都告诉他。毕竟,黑人知道他的名字,不管是谁告诉他的,也许已经有人告诉他自己和塔克谈过话。黑人可能会生气,然后告诉父亲,他撒谎了。"嗯,有一件事……塔克告诉了我,但是我不知道是否应该告诉你,因为……"

"随便你,年轻人。我不会说服你背叛自己的信义。"

"先生?"

"噢,是的,当然。"黑人奇迹般地开始说话了,就好像和华莱士·贝德洛或塔克谈话那样。"我不会让你泄露机密,你的朋友告诉了你他的秘密,你就应该保守秘密。"他停顿了一下,补充说,"你是这么认为吗,利兰先生?"

男孩很惊讶,仿佛是有其他人的声音从男孩身体中传出来。"是的,先生,好吧,你给我钱,让我告诉你关于塔克的所有事情，如果我隐瞒，那就不诚实了……呃，塔克说……他走的时候我追了上去，他说……我还年轻，没有失去任何东西。我不明白他说这话是什么意思，然后他就让我回去了。"他歪着头，看着黑人的眼睛，发现他的笑容比第一次见他时的笑容还要温暖热烈。他犹豫了一下，然后问："你知道他说的是什么意思吗？"

"我想，他的意思是他被夺走了某些东西，但他对此毫不知情，因为他甚至不知道自己曾经拥有那些已经被夺走的东西。你明白吗？"男孩意识到，他的表情肯定出卖了自己的想法。因为黑人继续说："不，我想你不明白。好吧，现在对你来说已经不重要了。利兰先生，等你长大一点，你就会完全明白了。"这时，他们已经来到了车边。"我先进来，好吗？"

"好的，先生。"他仍然在想黑人所说的话。汽车安静地朝着城里的方向开去。黑人坐在他旁边，男孩若有所思地凝望着司机的肩膀以及眼前长长的公路……如果塔克失去了一些他自己也不知道曾经拥有的东西，那么，他就不会意识到自己失去了它。这太傻了。你先得知道自己拥有这样东西，才能意识到你失去了它。除非当你失去它的时候就去寻找它，发现它已经不在你原来存放它的地方了，但是，如果你存放过它，就说明你知道自己拥有这样东西，那就是两码事了。也许这就像有人在你晚上睡觉的时候给你一样东西，但是在你早上醒来发现它之前，有像沃尔特这样的人偷偷溜进来把它拿走了，带到树林里玩，并将它留在了树林里，那么你就永远也找不到它了。第二天，给你东西的人走进来问："哈罗德，你找到了我给你留下的东西吗？"你回答说："没有。"他说："我把它放在了梳妆台上，怎么你今天早上没发现？"你说："我不知道。"然后你想了想说："沃尔特，肯定是他在我醒来之前拿走了。我要去找他算账。"接着沃尔特说，他把东西落在树林里了，不知道在哪里，于是你就把这个东西弄丢了，但是你从一开始就没有拥有过它，但你知道你在那天晚上把它弄丢了。大概就是这样吧……

这时，汽车已经驶进了城里，在托马森先生杂货店对面的街上停下来。

黑人摇下车窗，利兰先生朝街对面望去，看见父亲先是靠在柱子上休息，再挺直身子，又看见鲍比－乔朝街上吐口水，哈珀先生坐在轮椅上，身子前倾。

"谢谢你，愿上帝保佑你，先生。"黑人朝他父亲喊道，然后转向他，"也谢谢你，你是一个好青年。如果你到北方来，请一定要来看我。"他把手伸进背心上的一个小口袋，掏出一张卡片。利兰先生接过卡片，没有看，而是用手感受卡片上凸起的字母。黑人伸出手，于是他们握了握手，黑人的手十分柔软，像一个胖女人的手。接着，黑人打开车门，利兰先生跳了出来。当他走到门廊时，汽车已经开上去哈蒙河谷的路了。

他将卡片交给父亲，父亲又递给了哈珀先生，哈珀先生大声地念给所有人听："B.T. 布拉德肖牧师。美国黑人耶稣基督复活教会，纽约市。"

托马森先生拿出一把椅子,示意他父亲坐下,他坐下后便将利兰先生拉到腿上。哈珀先生转动轮椅,面向他靠过来,距离这么近,以至于他可以闻到老人那老迈的呼吸。老人向他提问,他回答了他所知道的一切,他所能记住的一切——他确实记住了所有细节。哈珀先生没有发表任何评论,直到他讲述那口大钟,以及黑人说,"这不是光荣的伊始吗",老人才点点头,几乎是叹了一口气说:"是的,是的,他说得对。"仅此而已。其他人只是听着。

此时还不到下午四点,但他已经讲述完了,父亲低头严肃地看着他。"好吧,我们回家吧。"

父亲没有再和他说话,直到他们离开柏油马路,拐进回家的尘土小路,耳边传来马蹄声,父亲才说:"哈罗德,别告诉妈妈你和黑人一起去塔克农场的事。"他停顿了一下。"她可能不喜欢。"

"好的,爸爸。"

他没有转身,只是向后仰着身子,头靠在父亲胸前,他可以听见男人强大的心脏跳动的声音。父亲的声音低沉而遥远,隆隆作响。"你要明白,那不是坏事。和昨天你为了不让我惹麻烦不得不撒谎不同。这是为了不让她担心,因为她不喜欢你和陌生人出去,既然事情已经结束了,什么事也没有发生,那就没有必要让她担心了,你明白吗?"

他点点头,感到后脑勺在摩擦着父亲的衬衫。

"看,"他父亲一只手松开缰绳,利兰先生能感到父亲把手伸进口袋，然后又出来，能听见纸巾发出嗞嗞的声音，接着，父亲的手从身后伸过来，越过他的肩膀上方，一个小包裹出现在眼前。"打开它，我想让你看看。"利兰先生拿着它，打开纸，看到一条黄色丝绸围巾。不知怎的，他知道那是丝绸，因为那比他见过的任何布料都更精致、更顺滑、更柔软，并且还有一道细小的像管子一样的缝边。他举起围巾，感觉甚至比吹过的微风还要轻盈；围巾在风中勇敢而优雅地飞舞。"黄色是她最喜欢的颜色，她喜欢漂亮的东西，我用那二十美元中的一部分买的。你想让我帮你保管你那五美元吗？"他点点头。"如果你介意的话，可以不必给我。那是你的。"但是利兰先生已经从口袋里掏出钱来，递给了他父亲。"我会为你留着的，这样马戏团来新马赛的时候你就有足够的钱去看了。"男孩点点头。

他的父亲告诉他母亲，他帮助一个有钱的旅客修理漏气的轮胎赚了二十美元，然后递给了她围巾。她哭了起来，吻了吻围巾，并在吃晚饭的时候戴上了它。戴上围巾的母亲比利兰先生以往见过的任何时候都要美丽。

*

周六他们没有进城。利兰先生想他们能比以往看到更多的东西，但是当他问父亲是否要去的时候，他回答说："不，我们可能看到的是有更多的黑人带着手提箱离开。而且，我们已经让你妈妈留在家两天了，我认为我们应该乖乖待在家里，按照她的吩咐去做，否则她会变得有点暴躁和刻薄。你如果仔细想想，会发现她是对的，你看，她一直在做我们应该做的事情，我们做得不好。所以我想我们今天会待在家里。"

于是，利兰先生大部分时间都在和沃尔特玩耍。他尝试向沃尔特叙述过去几天所见的一切，但沃尔特只能理解动物被杀，鲜血像气球里的水一样喷出来。他真希望能亲眼看见这个画面。利兰先生说那不是什么值得看的事情。当然，沃尔特还想让他的哥哥带他去看那些动物，他暗暗地希望，那些动物的血还在喷涌。沃尔特能理解的还有塔克的房子被烧毁了。利兰先生说他太小了，不能去。沃尔特说，他一点也不小，而且为了证明这一点，他开始跳上跳下，怒气冲冲地哭个不停。终于，因为沃尔特实在想自己走去看看，利兰先生不得不带他去了。他们穿过树林，沿着平坦狭窄的土路，从灰暗的田野里走出来。远远望去，可以看到房屋的木材就像被烧焦的棉秆一样参差不齐，以及畜栏上方布满苍蝇的黑暗天空。他们走到田野中间时，一个白人在公路上骑着自行车，从城镇的方向过来。那是一辆旧的美国牌自行车，曾经的奶油色和红色的部分由于使用时间长和天气原因，已经布满深灰色的铁锈。它的挡泥板不见了，前灯也坏了。那人靠着路边停下，放下自行车，站在那里盯着周围看。然后他看到了两个男孩。"你们是哈利·利兰的儿子，对吗？"

他的说话方式也像是从北方学的，但更像哈珀先生而不是那个黑人的说话方式。两个孩子什么也没有说。他们停在田野中间，利兰先生拉着他弟弟的手。

那人又朝他们喊："我是杜威·威尔逊。"

他在说谎。杜威·威尔逊是将军，而将军已经死了。利兰先生紧握着沃尔特的手："沃尔特，安静点。这个人可能疯了……"不是塔克那种疯狂，而是真的疯了，因为他认为自己是个死人。他把弟弟拉到身后。没一会，他们就更清楚地看见那个人。他比他们的父亲矮，但有着同样的沙发，尽管剪得很短。他穿着一套淡蓝色西装，上面有三四个纽扣，戴着灰色的斜条纹领带。

"你知道这场火是怎么回事吗，孩子？"他等着回答，但利兰先生一句话也没有说。"我是塔克·卡利班的朋友。我刚从北方回来。你知道发生了什么事情吗？"

"你是塔克的朋友？"利兰不由自主地问，但他并不相信，正如他不相信这个人是将军一样。不过，这个人看起来不像在撒谎。

"是的，看。"那人把手伸进口袋，利兰先生的心又跳了起来——**更多的钱！**——但那人只拿出一张纸。"这是他写的一封信。他是我一个很好的朋友。"这人说了这句话后变得伤心起来。

"是吗？"现在他们站的距离很近。他低头看着他们，右手拿着一张纸。苍蝇发出的嗡嗡声仿佛更大了。"那你知道他为什么这么做吗？"

"他做了什么？"

利兰先生再也忍不住了,因为他非常好奇这个人会知道些什么。"他为什么要烧掉房子,杀死他的牲畜,毁掉他的一切。"

那人只是盯着他看,似乎不相信的样子。"我父亲是对的!他真的这么做了吗?"

"他真的这么做了。"那人看起来还是不信。利兰先生补充说:"他在两天前做了这一切。"

"两天前?"

利兰先生认为这个人听力不怎么好,而不是不相信他的话。他让他把每件事都重复了一遍。"嗯,我自己也看见了。他烧掉了自己的房子,射杀了他的牲畜——"

"血从它们身上喷出来,就像水从戳破的气球里喷出来一样。"沃尔特插嘴说。

"嘘,安静,沃尔特。"利兰先生捏了捏他的手,疼得小男孩几乎跳起来。"他真的做了那些事。"他转向那人说。

"我相信你。"那人点点头。

"这是事实。"沃尔特又插嘴说。

"安静,沃尔特。"

"请告诉我吧,好吗?"那人看起来非常伤心。

利兰先生说起了关于撒盐、杀戮、放火以及大钟(他这一次没有忘记大钟),还有火花在天空中升起又消失的故事。但是当他说完,那人的悲伤和怀疑依然没有减少。"你真的是他的朋友吗?"

那人点点头,看起来很奇怪。利兰先生认为最好快点逃离这个人。"我们得走了,再见。"他立刻往高速公路走去,那是回家最安全的路,因为那人可能会跟着他们走进树林。他们速度很快,以至于没有听见那人回答:"好的,再见。"

他们到了公路上,利兰先生转向沃尔特,放开他的手,大声说:"我们来赛跑吧!"

"我不喜欢赛跑。"

他靠向沃尔特的耳边:"这是我们用来逃跑的理由。那人还有机会抓住我们,他看起来很危险。"

"好吧,我们赛跑吧。"沃尔特回头看了一眼。

他们狂奔到山顶,当他们终于离开那人的视线时,才停下来。沃尔特赶上来。"他疯了。"

"你怎么知道?"利兰先生不喜欢他弟弟抢先下结论。

"他看起来不是疯了吗?"

"是的。"他不得不承认。

"那他就是疯了。"

利兰先生正要说不总是这样的:塔克做了疯狂的事情,甚至看起来很疯狂,但他肯定没有疯,因为他似乎有理由做这些事情,尽管他们都还太年轻,无法理解原因。但他还是没有说出来,因为他不知道沃尔特是否能听得懂。

他们走到山脚下四分之一的地方,朝着偏离公路的一条回家的小路走去。他们可以看见公路从前面山脊的树林里穿出来。接着,他们看见一辆黑色的小车,和昨天从山脊开来的小车速度一样快,也和前一天运煤卡车速度一样快。同一个浅肤色的黑人在开车,路上的尘土在两旁打转,但没有笼罩住小车,就像当利兰先生朝沃尔特扔了一个球,沃尔特的手合拢得太迟一样。利兰先生开始挥手,沃尔特以为这是一种游戏,也举起双臂,疯狂地挥手。他们一直挥手,直到汽车经过他们,但车上没人回应。利兰先生甚至在汽车经过的一瞬间,看到了后座的黑人,蓝色的墨镜架在他的鼻子上,眼睛直盯着前方。然后,汽车在山上消失了。他们继续往前走。

"我们挥手是做什么,哈罗德?"沃尔特开始围着他跳来跳去,"你认识他们吗?"

利兰先生没有告诉沃尔特黑人和他一起坐车的事,因为他知道沃尔特会告诉母亲,这会给父亲惹麻烦。"是的,我昨天在城里见过他们。"

"他们来做什么?你没有告诉我这事。"

"这一点也不重要,沃尔特,忘了它吧。"

"那人是谁?"

"没有人,"他转过身来,直视着弟弟的眼睛,尽量使自己的脸看起来诚实,"没有人,就是这样。"

很久以前，
一个秋天的生日

*One Long Ago
Autumn Birthday*

杜威·威尔逊三世十岁生日那天早晨晴朗无云，是一个秋日，当他眨着眼睛完全醒过来时，看见房间角落里摆放着一辆颜色花哨、镀铬发亮、轮胎洁白的美国牌自行车。

他从床上缓慢而犹疑地爬起来，心想，如果他动作太快，一切都会消失的。地板很冷，他忍不住浑身发抖。然后，他来到自行车跟前，没有因为它的存在而震惊，而是站在前面，抚摸着它的黑色猪皮座椅。他渴望骑上它，随即又痛苦地意识到他不知道怎么骑。塔克曾经教了他几次，最后还是放弃了，因为杜威不会掌握平衡，也不能转向或蹬脚踏板。

他一边看着自行车，一边尽可能快地穿好衣服，然后跑下楼去找塔克。这一次，只要能说服塔克再教他一次，他肯定能学会。

塔克和他的祖父约翰在后院，正在将刚涂过蜡的干膜从车的侧面取下来。约翰，一个将近七十五岁、白发苍苍的老人，脸上密集的皱纹使他面容模糊。塔克做了全部的工作，尽管他只有十三岁，甚至够不到车门的顶部。杜威站在一旁看着他们，害怕塔克说他是一个永远学不会骑自行车的笨小孩，但终于，他还是鼓起勇气提问。

"现在不行，杜威。我得帮我爷爷。"塔克转过身来，右手拿着一块白色毛巾，左手一罐橙色的抛光剂。他看起来让人觉得仿佛下一秒就要大发雷霆，尽管他可能在想完全不一样的事情；他的眼睛也早已被钢圈眼镜框住了。

"这次我肯定能学会，我保证。"他在塔克的注视下坐立不安，把目光转向自己橡胶运动鞋的鞋尖上。

"也许可以，也许不可以，但是得等会。我要帮爷爷的忙。"塔克转过身，老人正气喘吁吁，拼命地拍打着车顶。"等会。"

杜威将他生日这天的大部分时间都花在后院里，看着塔克工作，自行车就停在他旁边。他想知道塔克是否妒忌他收到了一辆新自行车。他真希望自己不用麻烦塔克，希望自己能够骑上自行车，发现奇迹降临在他身上，他能骑着自行车离开，永远不要回头，永远不要担心自己会摔倒或撞车。

直到这一天很晚的时候，塔克才完成他的工作，这时，海湾的风吹来了，充满了盐的金属味。太阳看起来颜色很深，在地平线上仿佛乘坐着云彩的马车。留给他们的时间不多了。

他们站在后院的台阶上，杜威盯着塔克，塔克正环顾着院子，皱起了眉头。"我们不能在这里学，空间不够。你会把灌木丛都弄倒，小小的灌木都会给我们惹麻烦。跟我来。"他踢起自行车的脚撑，抓住把手，开始把自行车往碎石车道上推。

"我们去哪？"杜威急忙追上他。他有点生气——推自行车的是塔克而不是自己。

"快点，我们没时间说话了。"

他们走了半英里，来到萨顿北边公路旁的一个地方。那里有人在建一家餐馆，但一直没有完工，只建成了一个停车场，一片巨大的黑色空地，上面布了几根混凝土柱子。

这时天几乎黑了，太阳不知不觉躲到了路边的大树后面。塔克把自行车推到停车场的一个角落停了下来。"你还记得我以前教过的吗？"

"应该吧。"他不确定，塔克能看出来。

"好吧，听着。"他提高音调，像背诵课文一样说，"慢的时候很难平衡，踩快一些会更容易。但是当你踩快的时候，要把握好方向。只要你保持头脑清醒，其实很容易。你能做到吗？"

"我想可以。"

"好，那上车吧，我会帮你扶着，跟在后面跑，用力推。我放手的时候告诉你，好吗？"

"好的。"

塔克帮助他坐上新座椅。杜威把脚放在踏板上。塔克看着他。"我告诉过你，永远不要穿运动鞋骑自行车。你的脚会打滑，你会受伤的。"

"我很抱歉。"

"现在也没办法了。"塔克叹了一口气，"好吧，我们试试看。"

杜威在座位上蠕动，塔克开始推他。"现在保持平衡。感受一下两个轮子。别害怕。转向不要太大。"

自行车的把手像野牛的角一样猛地一甩。杜威转向塔克。

"我现在放手了。"他松开手，杜威几乎是立刻摇摇晃晃地偏离了直道。塔克不得不在他撞上一根水泥柱之前抓住他。他们一遍一遍地尝试着：塔克在旁边跑，气喘吁吁，时不时咳嗽两下；杜威坐着，不知所措，但他努力尝试着。他想哭，但又不想让塔克看见，这会使他更加羞愧。

薄暮笼罩在群山上，风在变大。他们试了无数次。

"我们得回家了，杜威。"

"求你了，塔克，再来一次。求你了。"

"杜威，你知道耽误晚餐时间会让你爸爸不高兴的。"

"塔克，我必须要学会。"他能感到眼眶湿润了，眼泪可能已经流出来，滚烫了脸颊，因为塔克此刻正低头看着他，点点头，然后扶起他，紧紧地握住座位，这样自行车就不会翻倒。他开始推。杜威尝试感受两个轮子，当他认为自己可以后，转身告诉塔克放手。

塔克放手了。毫无预兆，他停止了跑步，杜威独自一人，踩着踏板，骑行着、飞翔着、滑行着、飞行着……他能感觉到自行车白色的轮子在保持着平衡，自豪感涌上心头。但紧接着，恐惧不知道从哪冒出来，黑暗的恐惧使他的眼睛呆滞起来，耳朵也听不到了，几乎听不到塔克在叫喊："保持直线！把握好方向！直走！"

但他的信心已经从身上消失了，只剩下一点点，他正在输掉与把手的战斗。黑色的人行道朝他袭来，他的膝盖擦破了，但他现在又安全地从自行车上下来了，他感觉不到刺痛，他感到了前所未有的骄傲。

"你成功了！你成功了！你成功了！"塔克跑向他，猛地把他抱起来，拍了拍他的肩膀。他们围着自行车跳了一大圈舞。塔克握了握他的手，拥抱，甚至亲吻了他，他们大声呼喊着，直到累得嗓子都哑了。

然后他们出发回家，沿着黑色的笔直的道路，偶尔经过几辆汽车，前灯照得他们的脸闪闪发光。

"塔克，你能教我怎么一个人开始骑吗？"

"只要你能学会不用摔倒的方式停车。"

"塔克，你能——"一辆汽车经过，塔克的眼镜上闪着光，灯光照得他的脸发白。杜威从他脸上看到了顺从的表情，便知道塔克的心思已经在家了，他知道他应该保持安静了。

当他后来回想起这一天，杜威意识到，塔克肯定知道要发生些什么，即使他说他们可以留下来再试试。塔克是承担责任的人，时间由他掌握，但他没有掌握好，在杜威的父亲看来似乎是这样，他和约翰谈这件事，约翰指示他的儿媳给了塔克一次能牢牢记住的惩罚。那天晚上，杜威吃晚饭的时候，他能听见塔克屁股上火辣的鞭打声。

那天晚上晚些时候，杜威告诉他的父亲，他学会了骑自行车。他以为他的父亲会很高兴，因为自行车是父亲送的礼物。

但他的父亲只是点点头，甚至没有从他的报纸上抬起头来。有很长一段时间，杜威深感内疚，直到他上大学，他都对那天曾乞求塔克留下来感到负罪，他想对塔克说些什么，但什么都没有说出来。塔克也从没再提过那件事。

威尔逊家族

The Willsons

这是周六的下午。嵌在河沿石堤岸上的一排电话线杆"啪、啪、啪"地飞速从窗前掠过，杜威年满十八，刚从北方上完大学一年级回家。此刻，他放弃了去数河沿边上到底安装了多少根电话线杆，而是任由火车在河岸边上疾驰。很快，他又开始想塔克的信，自从这个月收到塔克的来信，他就忍不住一直在想这件事。他依然不确定自己是否弄明白了塔克的意思。并不是信里传达了许多深刻或复杂的思想，相反，这是一封最简单不过的信，它提到了一个主题和一段他几乎记不起来的时光，但为了弄明白这封信，他必须要记起来，于是，他不停地回想那个时间段。不仅如此，他还要记起来那一天的情感波动。他希望能将这些感受写下来，然后读出来，试着彻底理解它们。于是，他又一次回顾了塔克提到的那一天，但他仍然没有办法理解。塔克的信息近乎一种代码，他不记得甚至不知道这种代码。现在，他又开始思考这件事，他从已经撕碎的信封里取出信件，打开黄色的复写纸，读着打印出来的字，这些内容一定是塔克口述给贝特拉（他肯定），然后签上名的。那字迹就像一个十四岁的男孩，而不是二十二岁的成人，因为塔克十四岁已经从学校辍学了：

亲爱的杜威：

希望你一切顺利。我自己很好，贝特拉也是，孩子也是。

我写这封信是想问你，是否还记得我教你学自行车那会儿？对你来说，那是非常重要的一天。我记得你还想学更多。我很高兴我可以教你。不过，无论怎么样，你总是能够学会的，因为你非常想学。

当你回家过圣诞节的时候，你希望我给你写信。嗯，我想问你关于自行车的事。

真挚的

塔克·卡利班

这一次与以往一样徒劳无功，杜威仍然感到困惑和失望。但他很快就会回家了，他可以让塔克解释这封信，尽管这意味着他不得不承认他并没有自己引以为豪的闪电般的记忆抓取能力。

火车驶入通往新马赛市政路段的隧道。黑暗被铁罩下的昏暗灯泡照亮。工人们拿着镐和铲子在灯旁干活，其中，一个工头拿着一盏血色的灯，火车经过时，他刚好在挥舞着灯。杜威站起身来，伸了伸懒腰，寻找他的西装外套，以及他确定放在胸前口袋里的香烟。

后来，当杜威想起自己那天下午在车站的样子时，他已经记不得是否注意到站台上有色人种候车室里的数量庞大的黑人；不记得那些黑人脸上若有所思的表情；不记得他们穿着新熨好的西装和干净的衬衫；不记得他们用的大多数由皮革碎片制成的行李箱，或者磨损的布料制成的旅行袋，或装满衣服、床单、毯子和照片的购物袋；不记得那些女人们穿着夏装，带着她们以及孩子们的毛衣和外套，或抱着野餐篮，或穿着干净的鞋，已清洗掉斑痕和抓痕；不记得那些蹦蹦跳跳的孩子们，或跑在父母前面，或年幼一些的被绑在母亲的衣服上；不记得那些睡在大人怀里或长椅上的婴儿；不记得那些骄傲地拄着拐杖蹒跚而行的老人；不记得那些静静地坐着等火车来的老人；不记得黑人低声说话，尽量避开白人的目光，尽量不被人注意。

他记得这里一直有黑人，仓库里总是有黑人搬运工，穿着灰色西装，戴着红帽子，但他没有注意到那天他们当中的大多数正在登上即将离站的火车。他唯一能记得的就是透过布满灰尘的窗户，在火车突然刹车将他往前推的时候，他发现他的家人正站在人群中。他很高兴能够看见他的妹妹丁夫娜，但他对于没有在站台上看见塔克和贝特拉感到失望。不过，他最后又感到惊喜，不，这是一种比惊喜更令人感到痛苦的感觉，他震惊地看到了父亲和母亲，他们面带微笑，手牵着手！就像孩子一样快乐。要知道，当他在一个沉闷的圣诞假期结束离开家时，他母亲一直嘀咕着要离婚。

火车已经停了。他抬起手，将两个行李包从座位上方的行李架上翻下来，等了几位乘客过去后，他跟在了两个女孩后面，这两个女孩和他一样也是从学校回家。尽管现在很暖和，她们却穿着厚重的圆领毛衣，上面还有许多串珠项链。

"他问我是否有公寓之类的，然后开始很温柔地和我交谈，但我一点也没上当。他告诉我，男人和女人这么做是很自然的。"

"他也是这么告诉我的。"

"好吧，无论如何，突然间，亲爱的，我意识到我最想亲吻他。在那之后，我就崩溃了。"

"我也是。"

在门口，一位身穿磨损的蓝色西装、面带微笑的售票员领着乘客走下光滑的台阶。他伸手去抓杜威的胳膊，但杜威礼貌地摇摇头，跳到了最后一个台阶，上了站台。

丁夫娜正在蹦蹦跳跳，每跳一次，她就转四分之一圈，最后她刚好面对着他。她看见并认出了杜威，挥动手臂，告诉他的父母。接着，她消失在一群人下面，再次出现时，她离他只有三十个阶梯之遥，她张开双臂奔跑着，外套在她身后飘动。她紧紧抱住他的腰，杜威甚至还没有来得及放下他的书包。"杜威！嘿！"

"嘿！你好吗？"他被突如其来的袭击吓了一跳。

她没有放手，反而更紧地抱住了他。"我很好。这就是你要对我说的话？"她的头往后一仰，"你觉得我有什么变化？"

"你把头发剪短了。"越过她的头顶，他看见他的父母正走过来，依然手牵着手，他想知道发生了什么。他弯腰靠近她，小声地说："他们真的在牵手，是奇迹发生了吗？"

她又抱紧了他。"是的！是的！是的！我不知道怎么回事。但看起来，我们的家有可能不会散了！太棒了！"

他的父母走到了跟前。丁夫娜放开了他，他的母亲走上前拥抱他。她听起来好像在抽泣，令人听不懂她到底在他胸口前说了些什么。但当她离开怀抱，仔细端详着眼前的人时，她的眼睛是干的。她正在微笑，她已经老了。杜威记得，他从来没有在母亲耳边看见白发，但现在他看到了。

他的父亲站在母亲身后，双手背后。"你好吗，杜威？"他伸出手，几乎是怯生生地弯下腰来，没有上前一步，好像他们之间有一道两臂长、万丈深的隔阂。

"我一切都好，爸爸。"

男人点点头，收回手，重新放在背后。"你看起来不错，孩子。"

"他瘦了一些。"他的母亲咯咯笑了。

他们沉默地看着彼此，杜威现在才意识到他们已经发生了很大的变化：母亲不再年轻，但美丽依旧，已然是主妇模样。她曾经锐利的面容变得柔和，她棕色的眼睛变得迟钝。最明显的是，她看起来很疲惫。他的父亲似乎缩水了，看上去比实际年龄更年迈、更消瘦，但他看起来比杜威任何时候的记忆都更加快乐。他不再那么压抑，似乎没有什么让他沮丧。丁夫娜已经成为一位颇具魅力的年轻女士，衣着时髦，简直就是母亲二十年前的翻版。

眼前发生的事情完全出乎意料,如果只有父亲或母亲一个人来,他或许不会感到惊讶。或者两个人都来了,但彼此保持距离,只和他说话,夫妻之间没有交流,而丁夫娜就站在他们之间,像两具血肉之躯的分割器,阻止他们有甚至是偶然的触碰。但眼前的一切截然相反,他们十分快乐。

没有人说话。现在,他们站在一个几乎空荡荡的月台上。一名刹车员向火车后方吹响哨子,一排排车厢开始倒退。一列开行的火车即将前往北方。几秒钟后,黑人开始从正门涌来,朝着下一个站台前进。

"女士们先走吧。"他的父亲走上前,拿起杜威行李中的一个包。"我们到车子那里见。"

丁夫娜站在一旁看着。她知道杜威和父亲从来都不是很亲近,有时会激烈地争吵,她一直在想,杜威回来的时候,父亲会怎样和他相处呢。直到她母亲捏住她的胳膊,她才动一动。

"走吧,丁夫娜。我们有时间涂新口红了。"

杜威透过门看着她们,他注意到丁夫娜回了一两次头。他笑了笑。"天哪,她真是个忙人。"他摇摇头,大声地说。

"她就是这样。"他的父亲走到他身边。

杜威转过身,带着怨恨问:"你想对我说什么?"他一直想伤害这个男人,此刻他惊讶地发现自己做到了。

他的父亲看着眼前的地面。"杜威,"他叹了口气,"我知道,你的母亲和我并没有让事情变得让你容易接受。"

"你是指你。"

"也许是这样，儿子。"杜威又得了一分。有些事情错了，或者说是改变了。他的父亲看起来几乎充满了人情味。他想回答是的，但他决定听父亲说完。

"是的，可能是这样，孩子。但是我们——我一直努力想重新开始。"他害羞地抬起头。"也许当我们，你还有我，开始互相了解的时候，我会告诉你是怎么回事。"他转过头去。"我们走吧，好吗？"他抬起头，看起来好像担心这个请求也会引起争吵一样。

"好的，走吧。"

"无论如何，你的母亲和我也许能够做到……"他继续说，"而且我希望你和我能彼此多了解一点。"

杜威发现自己几乎脱口而出：当然可以，这就是他毕生所希望的。但他们之间的隔阂太大了，不是一下子就能跨过去的。"我不知道。"

"也许我们可以试试。我们有一整个夏天。也许我们可以尝试一下。"

"也许我们可以。"

他们走进那间巨大的大理石色调的候车室，瓷砖的倒影代替了他们脚下的阴影。他们继续走到停车场，这是一个巨大的混凝土空地，上面排列着一排排金属泊车计时器，就像军事墓地的十字架。停车场上只有寥寥几辆车。他的母亲坐在其中一辆车的前排座位上，微笑着向他们挥手示意。坐在后面的丁夫娜也挥了挥手。两个人看起来十分相像。

他们走到汽车旁，父亲打开后备箱，杜威将他的行李塞进去，然后爬进后座和丁夫娜坐在一起。父亲发动了马达，踩下油门，朝街上驶去。

市区里的黑人比平时多得多，都提着手提箱，穿着深色衣服。

"亲爱的，你听见我说话了吗？"他的母亲正在和他说话。"我问你喜欢上学吗？"

"是的，妈妈，学校很好。"

他们驶到了北边。街道上到处都是黑人，有些坐在又高又窄又脏的砖房前的白色台阶上。孩子们在空地的垃圾堆上玩捉人游戏。每隔一段时间，就会有各种黑人妇女将胸部平贴在石头窗台上开始呼唤，然后就会有一个孩子从人群中跑出来，跑进屋子。他们的告别似乎永远是永久的。

他们经过一群人，这群人站在酒吧前的拐角处，那里放着一个霓虹灯。他们低着头，好像其中有一个人在讲着肮脏的笑话。杜威等着人群爆发出大笑，但没有。相反，这群人散了，庄重而孤独地走着自己的路。这个周六的下午，整个北区似乎都沉默无语。

他们越过河流，穿过黑色的钢网，从车上看，黑色的钢网不比蚊帐大多少，水在柱子周围涌起，在移动的仿佛不是水，而是桥。

"嘿，丁夫娜，塔克和贝特拉怎么了？还有他们的孩子呢?"他注意到一片寂静。"你听到了吗,丁夫娜?他们……"

"我听见了,杜威。"她突然说,"我们不知道。"

"什么?"

他的母亲转过身来,面对他说:"他们不再为我们工作了。"

"真的吗?"这让他感到难过,但他很快想到,此时难过无济于事。"那么,他们为谁工作?"

"谁也不为。"

又是一阵沉默。

"他们在哪里?"

"他们离开家里,去农场了。"丁夫娜把手放在他手臂上。他转过来面对她。"四月的时候,他们就不再为我们工作了。"

"我们知道你一直努力在学习,不想让你担心,所以没有写信告诉你。"他的母亲补充道。

他向后一靠,双手交叉放在脑后。"噢,那么他们就在农场,不为任何人工作,那很好。我想和塔克聊一些事。他给我写了一封信。他告诉你了吗?"

又是一片寂静。

"为什么大家都如此神秘和严肃?"

"杜威。"丁夫娜好像要开始告诉他,他做了一件非常严重的事,但不知道如何开口。

"周四那里发生了一场大火。"他的母亲认真地看着他。

他跳了起来。"难道他们……是吗?是不是?"

"不,亲爱的,他们离开这里了。"她疯狂地摇摇头,好像单说这句话的力量还不够。

"可是没有人知道他们去哪了,"丁夫娜低语道,"就和狄更斯的小说一样神秘。"

"噢,看在上帝的分上,别开玩笑了。这不好笑……"他停了下来,仿佛捉住了这一可能。"还真是玩笑?你们在和我开玩笑?"

"不,杜威,她们没有开玩笑。"他的父亲眼睛一直盯着马路,平静地说,"确实有一场大火,但塔克和贝特拉还有他们的孩子安全地走出来了。丁夫娜说得对,没有人知道他们在哪里。"

杜威正向前倾着身子,双手紧握椅背。"到底是怎么回事?"紧接着一幅可怕的画面闪过他的脑海——身披床单的人,焚烧的十字架,大叫声。"是不是……是不是……"

他的父亲知道他在想什么。"不,他们和那没关系。"

"报纸上说是他们自己放的火。"丁夫娜像个小女孩一样在座位上弹跳。

"自己放火!"他举起双手,"现在你真的在开玩笑。"

"不,亲爱的,这是报纸上所说的。但是他们也不确定。从那以后再也没有人见过塔克或是贝特拉。我简直不敢相信他会自己放火,虽然——"

"我相信,"他的父亲坚定地断言,"我很确定他会这么做。"

"你怎么知道?"杜威向前倚在父亲的肩膀上。

"涉及太多的事情了,儿子,我们有足够时间的话可以再深入研究它。"

熟悉的怨恨又一次涌上心头:"该死,你总是这么说。你从来没有足够的时间来为我做任何事。"

他的母亲一脸担忧,再一次,她看到了熟悉的噩梦般的场景。"杜威,我想你父亲的意思是……"

"噢,妈妈,醒醒吧。他这辈子一直这么说。"

"但是这次不一样了,亲爱的。"

"有什么不一样?"话一出口,他就意识到自己几乎是在和母亲争吵,而此时母亲实际上是在代表父亲说话。过去,争吵一直发生在他与父亲之间,是杜威为他沉默的母亲辩护。"好吧,也许是不一样,但是我要自己找到答案。"

这句话引起了丁夫娜的兴趣。"怎样找?"

"我要出去看看,找人聊聊。这就是办法。"他也把妹妹简单的问题当成了一个挑战。

"你需要用这辆车吗?"他的父亲表示和解。

"不!"话音刚落,他觉得自己有点苛刻了,"不,我会骑我的自行车,谢谢。我已经连续坐了两天了。"他顿了顿,接着又说:"无论如何,谢谢。"

他的父亲点点头。

没有人再说话了。

道路变宽了。他们经过两个黑人,都拎着沉甸甸的袋子,在他们自己扬起的尘土中,缓慢地走向新马赛。当汽车经过他们时,杜威觉得自己在萨顿曾经见过他们,但是汽车开得太快了,他不能确定。

丁夫娜·威尔逊

Dymphna Willson

昨天，我从学校回家，看见了一些奇怪的事情。那是周五。我在新马赛的宾福德小姐学校上学，是一所女校。

不管怎么说，当时大约是中午，当我在车站上车的时候，我注意到那里有非常多有色人种，大概有几百个，但我真的没有想太多。然而，当公共汽车开进萨顿的时候，那里也有一群有色人种。他们拿着手提箱站在托马森先生的门廊上，我一下车，他们就都上车了。

我之所以提到这个，是因为在过去几天，尤其是那场火灾后，我一直在想我认识的一个有色人种——贝特拉·卡利班。我在想她第一次来为我们工作的时候，她和塔克结婚的时候，还有很多其他的事情。

我记得一清二楚，因为当时我正在经历人生中的一段特殊时期，认为所有的一切都是某种事物的象征，每一秒我都认为自己在决定一些重大而充满戏剧性的事情。女孩十五岁的时候就是这样，那年夏天我也是。那几乎是两年前的事情了。

贝特拉来为我们工作是因为在那之前是卡利班太太，也就是塔克的母亲承担了所有的活计。约翰什么都不擅长，我猜他至少也有八十岁了。你也不能让塔克做任何家务，倒不是因为他会拒绝，而是你就是不敢问他。他会进来搬重物，但他不会做别的事，他大部分时间都在车库里。所以，母亲认为卡利班太太需要其他人来帮助她，于是便打电话给一家中介公司。

他们在周三的时候派来了第一个女人，但没有人喜欢她，她在周四晚上就走了。

周五早上，我正坐在客厅里等待朋友来接我，这时候门铃响了，我朝厨房喊，她们让我开门，于是我走到门前。

"你好，我是贝特拉·斯科特，我来应聘女仆的工作。"她笑着说。

我惊呆了。她一点也不像女仆。女仆都又胖又黑，操一口浓重的黑人口音。我嘟嘟囔囔地说了类似这样的话："我是丁夫娜……威尔逊……我……我……"我又看了她一眼。

她个子很高（这是我能想到的第一件事），差不多有六英尺（后来她说，她穿了高跟鞋大概有六英尺半），身材很苗条；我想，用"袅娜"形容她更合适。她的头发是深红色的，像铁锈一样，柔顺而有光泽，波浪状，剪成短发。她穿着浅灰色的夏装，搭配一件纯白的衬衫，一双你能见到的最可爱的黑色鞋子。她的眼睛很大，是淡褐色的。她很漂亮，就是如此。我见到她的第一眼就喜欢上她了。她不仅不像女仆，也不像黑人，除了她的鼻子。她看起来很年轻，当她微笑时，眼睛也笑起来，使她的整张脸看起来很幸福的样子。

我只是盯着她笑了笑，然后请她进来，告诉她我去请母亲出来。她走进来，我把门关上。我想说些深奥的话，但不知道该说些什么，于是我跑向厨房，妈妈正在那里一边品尝咖啡，一边和卡利班太太讨论这周要去杂货店里采购的东西。我告诉妈妈有一个女孩来应聘女仆。我开始说她看上去并不像女仆，但我的话没有说完。

母亲注意到我的困惑，问："怎么了，亲爱的？"

"没什么，只是她……噢，你会见到她的。来吧。"于是，我转过身回到大厅，贝特拉正耐心地站在那里。当母亲进来的时候，我注意到她也有些吃惊，但她处理得比我好得多。

"我是威尔逊太太。我们去厨房喝杯咖啡，聊聊天吧。"她伸出手。贝特拉摘下一副白手套，她们握了握手。

"我是贝特拉·斯科特，威尔逊太太。非常高兴见到你。"她又笑了。那是一个多么美妙的微笑。

"贝沙？"

"不，女士，贝特拉。"她拼出了自己的名字。

"贝特拉。好的，我知道了。来吧，这边请，亲爱的，我们喝杯咖啡吧。"

我紧跟着她们，盯着她看。我是一个阴谋家，当时我有一些非常自私的想法。首先，我想问她的鞋子是从哪里买的，因为它们看起来不像我在新马赛见过的任何一双鞋子。我会知道是因为我几乎每周都去杂货店里。另一件更自私的事情是：这里没有太多我可以聊天的女孩，她们都是农场女孩。我大多数的女性朋友都在新马赛。而眼前是一个很漂亮的女孩，她顶多大我三岁，认识她很开心。和她交朋友的好处是，她是有色人种，就男孩而言，我们之间不会有任何竞争，因为男孩这种事情总是会让女孩们成为敌人，即使再亲近也在所难免。

妈妈坐在餐桌旁。卡利班太太站在她身后，我可以看出来她也很喜欢贝特拉。贝特拉坐在母亲对面，我坐在门边的凳子上，这样我可以同时看到她的脸和鞋子。

"好吧，贝……特拉，"母亲说，"告诉我们一些关于你的事情吧。你有工作经验吗？"她想以一种有条不紊的方式去问，但她没做到。这个问题吓到我了。你知道当有人说，说说关于你的事情吧，你会不知道从哪里开始说起，你会紧张得双手出汗。但贝特拉似乎一点也不紧张，她什么都能应对。

"没有，威尔逊太太，我没有经验。但是我知道怎么做。我的母亲是一个女仆，我经常看她干活，也帮助她干活。"

我想，如果任何人说她们没有经验的话，母亲肯定会立刻告诉她不能得到这份工作。但是母亲后来告诉我说，她一见到贝特拉就想雇用她，现在，她必须找到可以雇用她的充分理由。

"告诉我，亲爱的，像你这样的女孩为什么要当女佣呢？我猜你上过学。"

"是的，威尔逊太太，我上过学。这就是我需要这份工作的原因。我上了两年大学，我需要钱来完成学业。老实说，我只能工作两年。两年后，我想我会有足够的钱回到学校。"

这正是母亲想要听到的。"好吧，那么，你得到这份工作了。"她对自己的机灵感到十分满意。"我们愿意帮助你读完大学。我们的工资很高，两年的时间很长。到时候我们也可以找到另一个女佣了，你觉得呢？"

贝特拉笑了。我看了看卡利班太太，她容光焕发，很自豪地看到有一个上过大学的黑人女孩愿意做一份女佣的工作。

"你也可以省点钱，"妈妈非常高兴，"你可以和我们住在一起，还能得到一份不错的薪水。"

"那就太好了，谢谢你！"贝特拉说。

于是，我们雇用了她。我们坐在厨房里（我没有出去），感到非常高兴，也非常喜欢对方。贝特来搬进来开始工作，我一直在和她说话。事实上，我不知道没有她我能做些什么。现在，我不说鞋子和一些傻事。她真的教会我很多关于生活的知识。就好像我和杜威第一次一起参加一个在新马赛的舞会，在那里遇到一个叫保罗的男孩。我们整个晚上在一起跳舞，于是我告诉杜威我想让保罗送我回家。

我们把车停在山脊上，没关系，因为我想和他一起停车。我坐在车里看着星星。它们看起来像漫天飞舞的萤火虫，我眨着眼睛使它们看起来像挂在银线上。非常浪漫。

保罗滑过来，打了个哈欠，然后用胳膊搂住我的肩膀。男孩真有趣，他们总是借伸懒腰或者打哈欠来搂住你的肩膀。我靠在他身上。"这难道不是一个美丽的夜晚吗？"我说。我以为他很害羞，我想让他心情愉悦一些。

于是，他用手拉过我的下巴，让我的脸朝上，吻了我，我回吻他。我们亲吻了一阵子。

突然,我感到自己被一双手包围。我的乳房上有一只手。我想,没关系吧。把手放在乳房上几乎不会发生任何事情,至少对我来说不是,我并不是很性感。这么做只是让我放松。

然后我感到一只手在我膝盖上。一开始,我原谅了他,因为我想他可能是手滑到那里。毕竟,我对他不了解,我暂且相信他。但紧接着,那只手已经不在我的膝盖上了,他的手在我的裙子下面。我不想破坏美好的心情,于是我离开他一点,在他耳边低声地说:"别这样。"毕竟,如果一个男孩想把手放在你身上,那也不是什么坏事。那意味着你很有魅力。于是我只是小声地说:"别这么做。"

但他并没有听到我的话,或者他听见了但不想像中枪一样立刻离开我,破坏气氛。不管怎么说,他的手还在那,所以为了稳妥起见,我又说了一遍"别这么做"。但这一次,我的语气坚定了一些。

"嘘,别说话,"他说,"别破坏气氛。"

别破坏气氛!天哪!突然,我感觉到我的吊袜带被解开了。现在我知道他听见了我说话,我不得不做些别的事了。我决定生气。我完全将他拉开,说:"这可不好!"

我并不是真的很生气,但有时候你得假装生气让男孩子乖乖守规矩。我瞪着他,他只是坐在那里微笑,就像他知道我并不是认真的。于是,我又重复了一遍:"这可不好!"我试着让自己听起来很凶。

"是吗？"他坐在那里对我微笑。

"你知道自己在做什么。这不好。"我开始感到害怕，于是我补充道："听着，如果你想惹上麻烦，就继续。明天，我会让父亲来逮捕你。他能做到！"后来我想，鬼鬼祟祟地逃离就好了，但当时我什么也想不起来。

他紧紧地抓住方向盘。"幼稚！幼稚！你们这些女孩！你想在外面遇到什么事就尖叫着叫爸爸！幼稚！"

"你现在就带我回家吧。"我说。于是，他发动了汽车，带我回到家，让我下车。而且为了让我知道他是一个什么样的绅士，他甚至没有把我送到门口。

我跑进去把门关上，锁紧，这才松了一口气，但紧接着，我就浑身发抖，开始哭起来。我一定很害怕，因为我站在那里靠着门，不停地颤抖着，哭泣着。

就在那时，我听到厨房有脚步声，我以为那是妈妈，就开始往楼梯上跑，因为你知道的，妈妈根本不懂这种事。

我跑进自己的房间，关上门，站在那里，哭得上气不接下气。我哭得停不下来，尽量让自己保持安静。于是我爬上床，将头埋在枕头里，不让自己发出声音。门开了又关了，我转过身来，脑海里开始编一个用来告诉妈妈的谎话，但站在那里的是穿着浴衣的贝特拉。她看着我，当她看到我的脸时，她非常惊慌，她走过来，坐在我的旁边，搂着我的肩膀，问我发生了什么事情。

起初我打算对她撒谎。毕竟，你不想告诉任何人你被困在车里的事情，因为大家都知道你被困在里头是因为你想待在里面。但后来我想不出一个足够好的谎言，所以我告诉了她真相。"你不觉得那很糟糕吗，贝特拉？"向一个黑人询问意见，听起来真的很奇怪。

"不。为什么会这么想呢？"她拥抱了我，就像我的大姐姐，我感觉好多了。"我也遇到过这种情况。"

"真的吗？"我看着她，她点点头。

"当我还是大一的时候，亲爱的，我和一个篮球运动员出去玩。我总是和篮球运动员一起玩，因为我太高了。"（你看，她是这样说自己的身高的。大多数高个子的女孩都会为自己的高个子感到羞愧而垂头低肩。我曾经问过她是否因为身高过高而感到羞耻，为什么她站得那么直，她说："如果我不站直，我还能如何让男孩知道我有乳房。"）"我和这个篮球运动员一起出去，我们在他的车里，我想他肯定是一个魔术师，他的手动得太快了。你知道我做了什么吗？"

"跟我讲讲。我刚刚做的都没用，他只是取笑我。"

"嗯，这样就行了！我把拳头攥成一团，正好打在他身上——"她吐出舌头。接着，她尴尬地笑了。

"你打他了，真的吗？"

"是的，我打他了！"她向我靠过来，轻声地说，"他大叫起来！我以为他就要死在这了，我只好开车回家。那时我根本不会开车，那也会让自己送命的。"她又笑起来。我开始大笑，感觉好多了。

"但是我能做到吗?我是说,万一他说出去呢?"

"他不会。他怎么可能说?他会很尴尬。如果他说了,那么你可能就会成为有史以来最受欢迎的女孩。你对男孩子来说是一个挑战。"她站起来,"你为什么不洗个澡呢?这会让你更好受一些。"她开始向门口走去。

"你不会告诉妈妈的,对吗?"我担心地问。

"告诉你妈妈什么?"她又笑了。"去洗澡吧。我很高兴你在聚会上玩得那么开心。"

一开始我不理解,我一时没反应过来。终于,我明白了她的意思。"谢谢你,贝特拉。"

"两个女孩之间的小对话。晚安,丁夫娜小姐。"我们如此亲近,她还如此称呼我,这听起来很奇怪。

"贝特拉,别那么叫我。你可以跟其他人一样叫我的小名'迪'。"

"好的,但就在只有我们两个人的时候。你的妈妈可能会不喜欢。"

我说"好的",她就出去了。我想她是对的,虽然母亲对关于种族的事情很开明,并且和卡利班太太相处甚欢,就像我和贝特拉一样,但是我想卡利班太太从来没有叫过母亲的名字。

所以你可以看到贝特拉有多么好,多么聪明。她知道怎么处理事情。这一切是发生在她爱上塔克之前。

我是这样发现她爱上塔克的。有一天,我去厨房拿橙汁,她正从后窗望向花园。我走到她旁边,也望了望。车库前停着一辆车，车下伸出两条腿，她盯着那两条腿。我感到难以置信。她马上就要回学校了。塔克也许能修好任何东西——他非常手巧——但是我无法想象他们在一起。她很聪明，不光是聪明，还充满智慧。她和杜威经常讨论一些我根本不懂的事情。况且，塔克比我还矮，但她盯着他的腿。

她转过身来，看见我一脸不敢置信的样子。她看起来十分严肃。"他怎么看我的？"她问，"他聊起过我吗？"

"哎呀，我不知道。怎么了？"你看，我根本不敢相信。"他对你很刻薄吗？"

"不，他什么也没有对我做。我想他从来没有看过我。"

"嗯，他不怎么和人说话。"我试着让她好受些。

"迪，你能帮我个忙吗？如果你有机会和他说话，看看你能不能问他……是怎么看我的。"她尴尬地低头看着自己的手。"听起来很傻，对吗？但我真的想知道。"

"好的，贝特拉。但是塔克很……"我停下来，你不能告诉一个女孩她喜欢的男孩是一个再平庸不过的人。

从那以后，我常常看到她盯着走进厨房的塔克。有时候，塔克会扯着大嗓门和她说话，但他从来不看她。他总是假装在做别的事情，例如弯腰在水槽下面寻找漏水的地方。

她会站在炉边看着他，就好像他很好看，以至于她心烦意乱，口吃起来。"塔克，请你帮忙把垃圾拿出去，好吗？"她听起来好像在为某件事道歉。

他看着她，但他好像在生她的气。接着，他拿起垃圾桶或其他什么东西出去。当他走后,她会叹一口气,好像让他从房间里出去会让她松一口气,好像他在身边的压力对她来说太大了。我想就是这样,我能理解。她会看着我,虽然我只有十五岁,但我能理解。接着,她会回到炉子边。

后来,我不知道过了多久,塔克带我去新马赛拔牙。当他来接我时,我没有坐到后座,而是跳到他旁边的位置上。我想让他先说点什么,于是我开始呻吟。实际上牙齿并不疼。它太烂了,自己都快掉出来了,但我还是呻吟着。他什么也没说。

塔克开车就像你想象中的赛车手一样,弯腰在方向盘上,眼睛眯着,凝视着路面,肩膀微耸。他看起来很傻,因为他个子太小了,看起来就像一个故作严肃的小男孩。

我又呻吟起来。但他还是什么也没说。也许是发动机的声音盖过了我的声音,他没听见。终于,我忍不住说:"贝特拉不错,是吧,塔克?"

他没有动。你可以想象,如果一个男人想娶一个女孩,当有人提到她的名字时,他至少会哆嗦一下,但他没有。

现在,轮到我自己想要知道了。我想这不关我的事,贝特拉只是想知道他是怎么看她的。"我的意思是,你喜欢她吗?"

他的声音听起来似乎很受伤。"是的,丁夫娜小姐。"

我只能从他身上得到这些信息,并不多。我没有期望他将一切都告诉我,但我甚至不知道他是否真的喜欢贝特拉,或者他只是想让我安静下来。

但事实证明,塔克真的喜欢贝特拉,因为他们在九月结婚了。而且,她好像没过多久就怀孕了。即使他们结婚了,他也没有和她说太多。可能是他不想让所有人都盯着他看。但我觉得有人在大家面前告诉你他爱你是一件很美好的事情。但他不是这么想的,他什么也没说。

接着,我回到了宾福德小姐学校,我想大概就是那时候,父母开始相处得不好。他们并没有在我们面前吵架。事实上,我怀疑他们有没有吵过架。但远远不止这些。据我的记忆,他们渐渐地对彼此说的话越来越少,直到他们不再和对方说任何话……也许当夜晚降临时他们会说话,然后意识到他们之间的共同话题是那么少,他们已经失去的是那么多,我猜那是已婚人士最感到孤独的时候。

我不认为他们之间的问题是无缘无故出现的。我想,问题一直存在,但他们没有时间去思考,因为他们忙着照顾杜威和我。但现在我们都长大了,没有太多的事情来掩盖潜在的麻烦,于是它们开始显露出来。

我有时候会在晚上听见他们的说话声。在去洗手间的时候,我会在门口停下来,听他们说话。这很八卦,但是当你的父母有麻烦的时候,你不能像什么都没有发生一样置之不理。

首先,我听见妈妈说:"但是为什么,大卫?"她的声音带着哭腔,可能已经哭了。

"我不知道。你什么都不懂。"他从来没有提高过嗓门。

"可是我以前懂,不是吗,大卫?"

这时候会出现一片寂静,你可以听见他们翻身的声音。那不是做爱的声音,他们只是在尝试入睡。接着,母亲会说:"大卫,我爱你。"

但父亲什么也不说。

我想,这是我第一次感到与母亲很亲近。作为女儿我和她相处得很好,但他们总说女孩总是和父亲更亲近,男孩总是和母亲更亲近。在这个家,这句话说得通。因为父亲从来没有和杜威相处好过。我过去常常看见父亲盯着杜威,他会久久地看着杜威,摇摇头然后转身离开。他不像杜威厌恶他那样厌恶杜威,更像是想对杜威说些什么,却不知道如何开口。听起来就像电视剧,但他就是这样的。我想很多时候他把想对杜威说的话对我说了。我和爸爸相处得和世界上任何人都一样好,但这并不能说明些什么。

在父亲母亲不再相互说话后,杜威和父亲一说话就会爆发争吵,好像杜威在代替母亲争吵。父亲说什么杜威都会插嘴。我置身事外。我曾经尝试通过做一些傻事或者开个玩笑来缓解气氛,但从来不会成功,因此,我开始选择离开房间。

当这一切发生的时候,贝特拉是唯一一个能让我从痛苦中抽离出来的人。她会和我说话,让我高兴起来。但她也有事情要担心,毕竟,她很快就要生孩子了,不可能承受所有困扰我的问题。

她在八月的时候生下了孩子,孩子很漂亮,拥有一双浅咖啡色的眼睛。我喜欢照顾他。我会做各种疯狂的事,例如抱着他,然后闭上眼睛,假装我在喂奶。当我有孩子的时候,我肯定会给他们喂奶。贝特拉曾经回答过我所有关于母乳喂养的问题,她会告诉我一些非常有趣的事情。就像有一次她去参加一个在新马赛的女性聚会,那天晚上她回来后问我:"孩子什么时候吃的奶?"

"他七点开始哭,然后我喂了他一瓶奶。"我告诉她。

"我想是的。"她咯咯地笑了笑,"大概七点的时候,我开始涨奶,非常疼,噢,天哪,疼得像被人打了一样,我不得不起来去挤奶。我就知道小孩饿了。"

想象一下,她离孩子将近三十英里远,但她知道孩子饿了。与某人如此亲近的感觉一定非常美妙。

我知道塔克和贝特拉因为母乳喂养而发生了什么。听起来很疯狂,但那是真的。贝特拉曾经说过,母乳喂养必须保持非常放松的状态,不然她就会没有奶水,孩子就不得不用奶瓶。她曾向自己保证,当她有了孩子,她会保持放松,让自己的奶水通畅。

不管怎样,九月,杜威离开家去上大学,塔克买下了农场,她的奶水也干涸了。仅此而已。她做得非常好,但她干涸得就像一片沙漠。我甚至记得她告诉我的那天晚上。我记得是因为我开始长大了。我知道那很傻。我想你不能说你一夜之间长大了。我的意思是我开始用成年人的方式去思考一些事情。

事情发生在我去厨房拿橙汁(我爱橙汁),准备开始写作业时。我坐在窗边,在黑暗中喝着我的橙汁,一边看天上的星星。这就像在看一幅画,因为有一个正方形的框框将星星框在墙上。

接着,门开了,贝特拉进来了。屋子里很安静,很好,我什么也没说,猜她不知道我在那里,要是知道,她就不会哭了。我听见她在炉子附近的一个黑暗角落里抽泣,然后说:"我不明白你的意思,塔克。我尽力了,我尽力了,我真的尽力了,但是我没有。"就这样,一遍又一遍。

我不知道该怎么办。我不想让她知道我早就已经在厨房里了。但如果我一直保持沉默,然后被她发现了,她可能会认为我是一个窥探者。但紧接着,她的声音传来:"丁夫娜小姐?"

"贝特拉?怎么……"

"噢,迪——"响起一阵脚步声,接着她抓住我,在我肩膀上哭起来。我真的很惊讶。我总是看到她坚强的一面,无论发生什么事情都知道该如何去面对,但这次与以前发生的事情完全不同。我搂着她拍拍她的后背。过了一会儿,她停止了哭泣,站起来,浑身在发抖。我能看清她的脸,她正在看着我。"我没有奶水了。"她又开始哭泣,我又久久地抱着她,直到她停下来,抬起头告诉我发生了什么事。

她抽泣着、颤抖着,所以她的叙述很混乱。塔克什么也没有告诉她。他做了很多令人困惑和感到奇怪的事情,并且从来没有和她讨论过,也没有告诉她原因。他从爸爸那里买下了农场,贝特拉说,她知道他不仅仅是要做一个农民,他还在计划别的事情,但她不知道是什么。她甚至怀疑塔克是否知道自己在做些什么。他不考虑事情,只是一味地去做。所有这些都让她感到困惑、忧虑和不安,所以现在她挤不出奶了。

当她告诉我这些事情的时候,她已经平静多了。她起身去拿烟灰缸,试图点燃一根香烟,我看见火焰在颤抖,她没能点燃。她咒骂一声,把烟放回盒子里。"我真的不需要这种待遇,丁夫娜。"接着,她生气了。"你觉得这是第一次?不,但这肯定是最后一次。"

接着,她告诉我,他们结婚后,有一次她带塔克去见她的一些大学的老朋友。她说的时候,我便记起来那一天晚上,因为我听见了他们从院子里的碎石上开车回来,当汽车停下来时,我听见贝特拉说:"你怎么能那样做?你怎么能那样让我难堪?"

我想塔克没有回答,至少我没有听见他说任何话。在碎石路上,只有两串脚步声。

接着,贝特拉说:"我只是想要一块钱。你可以给我一块钱的。"

"我不想。"他终于说话了。

"我非常清楚!但即便如此,即使你不同意他对社会的看法,你依然可以给他一块钱,因为我要求你这样做了。"

"那没有理由。"他说。这句话甚至让我感到生气。如果妻子真的想,那么丈夫应该要为她做点什么。

贝特拉在厨房里把事情告诉我。"那晚我是不是犯了个错误!你简直无法想象!我不应该带他去。你知道他做了什么吗?我几乎失去了所有的朋友……"她站起来开始踱步。

似乎是贝特拉的一些朋友邀请他们参加一个聚会。"塔克不想去，但我说服了他。是我让他去的，才让他可以对我做那些事情。丁夫娜，我知道他没有受过教育。但是，坦白说，我为他感到骄傲。我想让朋友们见见他。"

当她告诉我发生了什么事情时，我可以看见整件事情；她不需要告诉我是如何发生的，只需要告诉我事情的来龙去脉。我和塔克一起住了很长时间，我知道他会说些什么，我知道他是怎么说的。想到这里我吃了一惊，我从来没有意识到自己如此了解他，我从来没有想过我会像杜威那样对他那么关注。

但是我知道。我能想象他们所有人坐在一起，谈论着大学生谈论的事情：世界形势和年迈的老师。贝特拉说有色人种大学里的学生总是抽时间谈论种族问题。接着，他们中的一个人说，他获得了一个在全国有色人种事务协会地方分会工作的机会，他也许能利用这个机会招揽会员。

贝特拉告诉他，她的会员资格已经失效，但她会给他一块钱，请他寄来会员卡。接着，她看着塔克。塔克一直很安静，自从被介绍给所有人后，他就一句话也没有说。贝特拉给我讲述的时候，我可以想象出塔克笔直地坐在椅子上，双手交叉放在膝盖上，派对灯光映射到他的眼镜上，你看不到他的眼睛，他坐在那里，和平时一样矮小和丑陋。贝特拉说："塔克，给我一块钱，好吗？"

塔克只是坐在那里怒气冲冲地说："不。"

我能想象所有人，贝特拉所有的老朋友，都惊讶地看着他，但尽量不让自己表现出来，接着，他们将目光短暂地转移到贝特拉身上，心想：可怜的贝特拉，她嫁给了一个真正的吝啬鬼。

当她告诉我的时候，我的脸也红了，就像我是贝特拉一样，我知道她一定感到十分尴尬。

接着，她对塔克说："亲爱的，请给我一块钱吧。社团需要帮忙，我相信他们所做的事情。回家后我会还给你。"她以为塔克是担心钱的问题。她的朋友可以理解这一点，毕竟他们都需要节衣缩食来维持生计和支付学费。

但不是那样的！塔克不是这样想的，因为他把手伸进口袋，掏出他所有的钱，贝特拉说大概有二十美元，塔克伸手将钱递给她，所有的朋友都在看着，为他们感到尴尬。接着，塔克说："我不想你还我钱。我的钱都在这里了，但是不要因为一块宣传纸板而给他一块钱。"

这才是真正让贝特拉感到生气的地方。她紧靠着我，眼睛里充满怒气。"他可以小气。迪，他可以像一个拳击手一样握紧拳头，一分不出。但是我和我所有的朋友都相信这个社团。我们相信他们正在做一些重要的事情，并且能做得很好。但塔克就这么总结他们全部的工作……一块宣传纸板。我不指望你能理解我的感受。"她看着我的眼睛。

但我能理解。我不怎么考虑种族问题，几乎没有想过，但我知道明年我就会像杜威一样去北方上大学。那里会有有色人种，我有点期待，因为杜威说这本身就是一种教育。但那根本不是贝特拉所说的。贝特拉惊讶又伤心地发现塔克根本不相信她坚信的东西。

然后,她说,向她要钱的那个人对塔克说,那不仅仅是一块纸板,社团正在为塔克的权利以及所有有色人种的权利而努力。

就是这个时候,塔克开始说一些听起来很愚蠢的话。他坐在那里,看着社团的那个人,可能微微一笑,然后收起笑容,说:"他们并没有为我们的权利努力。没有任何人为我的权利努力。我不会让他们这么做的。"

那位社团人士说,不管塔克是否允许,他们无论如何都会这么做,他们在法庭上取得的胜诉判决有助于他的孩子上学和接受良好的教育。

"那又怎样?"这就是塔克的回答。"那又怎样?"他用老人那种高高的、轻松的声音说。

贝特拉环顾四周,用她的眼睛道歉,一些人转过身,没有生气,只是感到羞愧。贝特拉非常亲近的朋友用一种同情的眼神看着她,这是最让她感到痛苦的地方。

社团人士继续说:"你不想你的孩子接受良好的教育吗?"

"我才不在乎呢。"塔克说。

"好吧,不管你喜欢与否,社团都在法庭上为你战斗,你应该支持他们。"

塔克只是坐在那里。"我所有的战斗都不是在法庭上进行的。我自己为自己战斗。"

"你不能孤军奋战。什么战斗？"

"我自己的战斗……只有我自己，要么我击败它们，要么它们击败我。有没有一块宣传纸板对结果并没有影响。"说完，他站起来走出了房间。贝特拉也站起来，向所有人道歉，她气得想哭，但忍住了，才不会让塔克得逞。

她现在想抽一根烟，这一次她成功点着了。"我想他一定是疯了。教育是最重要的事情。丁夫娜，尤其是对于黑人来说。如果他想让我的孩子和他一样无知，那么他就是找架打。我的朋友一定认为他是一个糟糕的汤姆叔叔[1]。"她很伤心。"他为什么不和我解释？那才是我想要的。难道这很过分吗？"

"不，贝特拉。"我说。我认为我应该这么说，因为这是她所需要的——有人赞同她。

她认真地看着我。"我受够了，亲爱的。"

我不知道她后来是否哭了。我想她没有。没过十五分钟，她就为自己和孩子收拾好了东西，准备走下山，打算乘车去新马赛她母亲的家。她没有时间哭泣。

一周后，贝特拉回来了。我们都很想念她，甚至是塔克。他没有说出来，当然也不会对我说，但我能看出来。他看起来不像以前那么清爽了，他像个僵尸似的，茫然地四处跋涉。我对自己说：他活该，我希望贝特拉永远不要回来。

---

1 《汤姆叔叔的小屋》中的主人公，一个黑人奴隶。

但我只是在贝特拉的角度上这么说,希望塔克受些惩罚。对于我来说,贝特拉走了非常糟糕。

然后,我走进厨房,她正在那里做菜。我不明白她为什么会回来,我的困惑一定都写在脸上了,因为她认真地看了我很长一段时间。"我知道,迪。他是对的。当我发现我错了,还有我错的原因,我打电话给他,叫他来接我,他就来了。"

我仍然一脸茫然地看着她,我不明白。但她说:"这是一个新的开始,我想自私一段时间。总有一天我会告诉你。不管怎样,如果你能自己弄明白就更好了。试着想想。"说完她笑了。但她的笑容有点不同,就像她发现了一个美妙的秘密,她不仅高兴,而且十分满足。

她又怀孕了。我猜一定是在十二月,因为她从四月开始发胖,当时她走进厨房说:"威尔逊太太,塔克和我必须走了。我们很抱歉,但是我们必须这样做。"

妈妈在那一刻几乎哭出来:"但是,贝特拉……"

"对不起,威尔逊太太,但是塔克想走。他想搬到农场里。"

妈妈的睫毛已经湿了。"但是,贝特拉,你怀孕了,你在城里会更好,不是吗?"

我只是张着嘴巴站在那里。

"我们得走了。塔克希望这样,而我必须和他一起。"我转过身去,回到我的房间,哭了好几个小时。

我想我没有权利,但我真的感觉自己被背叛了,因为我必须一个人和父母待在这所房子里了。我甚至想搬出去，但我只能去新马赛祖母那里。祖母非常传统，她脑子里根本没有现代观念。她会希望我在周六晚上九点回家。所以我没有搬出去。我想无论如何也不可能搬出去。

贝特拉走的前一天晚上，我坐在房间里，焦躁不安。已经很晚了，我为自己感到非常难过。我久久不能入睡。我听见有人敲门，心里涌上一丝痛苦，我知道谁来了。正是贝特拉。我在见到她之前就知道了。

"我能和你谈谈吗？"她似乎很抱歉。"我想告诉你一件事。"

"当然。"我的语气不是很好。

她坐在床的另一端，眼睛盯着两腿之间的地板。"我知道我离开给你带来的影响。对不起，但我必须走，我知道。"她看着我，我缓慢地转过身，因为我可能已经开始哭了。我不知道。

"还记得我离开塔克之前，我们在厨房的谈话吗？"我什么也没有说，她知道我记得。

"你看，问题在于，我之前是一个大学生，虽然那时我没在上大学，但我依然觉得自己像个女大学生。塔克身上有些事让我想不通，这让我很不安，因为我把它当作一次考试不及格。"

"我真的不知道，但是也许我们这些上学的人，杜威，我，你的母亲可能没有，你的父亲我猜应该上过，也许我们失去了一些塔克拥有的东西。我们可能对自己失去了信心。当我们必须做某些事时,我们不是一味去做,而是在考虑,在思考所有反对的人说的话,往往如此考虑到最后,我们就放弃了。但是塔克,他知道自己必须做什么。他不去考虑。他清楚。他现在想走,我也要走。我不会告诉他,他是在放弃一份稳定的工作,以及那些真正关心他的人。我要和他一起走,不仅因为我爱他,还因为我爱自己。我想,如果我做任何他让我做的事,而不去考虑其他,那么,我是在跟随他和他的内心。但我想,也许有一天我会跟随我的内心,虽然我现在还不知道是什么。他会教我如何聆听自己的内心。"

"我希望你知道我为什么要走,因为也许这能帮助你在这里过得更好。如果你明白我离开的原因,也许它会帮助你发现一些存在你内心的东西,它会帮你在父母替你做的任何决定中生存下来。你的自救,你内心的安慰,比任何我给你的安慰都要好得多。"

"好吧,这就是我想说的。"她站起来向门口走去。我还是没有看她。

当她将手放在门把手上时,我跳了起来,用一种刺耳的声音叫她,然后跑过去抱住她,大声哭起来。她也哭了。然后,我们分开看着对方。

"常来看我,好吗?"她朝我微笑。我向她保证我会。

现在,她已经彻底离开了,我甚至不知道她在哪里。我希望她能够给我写信。

这就是我所知道的一切，这不算什么。至于我的父母，他们今天看起来相处不错，一直牵着手，比我以前见过的都要好。也许昨天发生了一些事情，但我想象不出是什么事。无论如何，我尽量不去担心。我不认为我很辛苦或有什么问题，但确实是他们的问题，对此我无话可说。他们要么想办法生活在一起，要么分开。这就是重点。至少我认为这就是贝特拉所说的，尽管很难接受。我是说，你能为爱人做的事情，最多就是让他们一个人待着，而这非常可怕。

杜威·威尔逊三世

Dewey Willson III

我们站在山脊上，俯瞰着哈蒙河谷。将军距离我们仅几步之遥，他身穿黄色绲边的灰裤子，衬衫袖子从肘部卷起，将军的头发又白又长，老得几乎可以当我的父亲。

我们看到北方佬[1]在一片尘土中阔步前进，从铺好的公路那边走来，经过将军的雕塑，沿着大街穿过萨顿，经过托马森先生的杂货店，然后开始上山朝我们走来。马拉着大炮，汗流浃背；士兵们整齐地行进，即使隔着一段距离，我也能看见一张张在蓝色帽檐下黯然失色的脸。将军静静地站在那里看着他们。"没有百分百把握之前，不要开枪。"他一直说。

北方佬看见我们顿时紧张起来，大喊大叫着冲上山。当我们向他们射击时，他们变成了一小块一小块的蓝色碎片——他们仿佛是冰做成的，这些冰融化了，从蓝色变成红色，是血，汇聚成河，流下山坡。

在山脚下，血液汇集到土壤的沟壑中，形成一个个池塘，结了痂，变得坚硬。在我眼前，男人的身型开始变大，他们全副

---

[1] 南北战争时的北方军队。

武装，挣脱了束缚，又开始向我们冲上来。

当我朝冲锋的北方佬开火时，我们之中也有人死了，这些人融化变成灰色的池塘，水面上漂浮着头发，泛着波纹，弥漫着垃圾、疾病还有死亡的味道。很快，我们只剩下几个人，似乎我们再也没有办法阻止他们了，将军转向我，猛地把自己的头从肩膀上扯下来，我听见静脉和骨头裂开、呻吟的声音，就像猛地拔起一把草。他把头扔给我。他的躯干对着我。我把流血的脑袋像抱婴儿一样抱在怀里，这颗脑袋一直对我喊："快跑！孩子！去救球！去触地得分！"一如既往，我会站在那里，不适的感觉在胃里翻腾，血浸透了我的衬衫，然后黏在我身上，我知道我没有办法动弹了，甚至在我试图迈出第一步以前，我就已经意识到我腰部以下瘫痪了。

这是那些孩子离开时我首先想到的事情——该死的噩梦。我差不多有两年几乎没有想到或梦到过它了。小时候，害怕父亲的我总是做类似的梦。我知道为什么会做梦——出于内疚。我考试得了B——轰隆——做噩梦了；我忘记做某件父亲交代的事情——轰隆——又做噩梦了。但当我上了高中后，我开始真正地憎恨他，那时他已经完全不和母亲说话了，变得冷漠而孤僻，真是个浑蛋，然后我就不再害怕他了。

不管怎么说，我就是这么想的，只是没用多长时间我就说出来了。我是这样想的，因为置身混乱之中，从孩子们口中知道事情的经过，同样让我感到恶心。我害怕是因为我真的不知道也不理解发生了什么,而我一害怕就会生病。我在学校有一个医生朋友,他告诉我,我是一个肠胃应激者。有些人会反应为头疼,有些人像我一样,胃疼。

噩梦不是我唯一在想的事情。过了一会儿,我试图有点建设性地去思考,试着找出一些原因,一些塔克之所以这么做的原因。就像过去发生在塔克身上的事情,让他陷入沉思,让他发疯,我唯一能想到的是去年夏天约翰去世的时候。

但仅仅说这些似乎还不够。一个人,除了去世的那一天和去世方式以外,还有更多比这重要的东西,即他的一生枯燥无味且无足轻重。我太年轻了,还不能亲身了解太多约翰的生活。当我真正了解他的时候,他已经是个老人了。但当我还是个孩子的时候,我不知怎么得到了一堆相册,它们由威尔逊家的女人们小心翼翼地保存着。照片是她们精心收集的各种礼拜日下午活动的照片、成绩单,或者潦草的图画。这些相册里也有卡利班一家的照片。我就是从照片上认识约翰的。虽然我一开始看相册时,并不是冲着约翰去的。照片上的他没有穿滑稽的旧衣服,也没有他曾经照料和驾驶过的黑色汽车,以及此前的马车。约翰的第一张照片是他十四岁时在一辆崭新的马车前。他穿着一件白衬衫,胸口的部位硬邦邦地鼓起来。如果你不知道的话,还以为他是马车的主人,但他不是。马车是将军的。约翰负责驾车,他坐在高高的座位上,从来不需要抽打鞭子,只需掌握方向,松开手上的缰绳。他开始给将军驾车是因为约翰的父亲,第一代卡利班已经年迈得几乎看不见任何东西了，他坐在威尔逊种植园的小屋前，抽着烟斗休息。约翰虽然只有十多岁，但已经开始驾车、照看马匹、修理马车了。照片上的他正在驾车，胸前闪闪发光的是他过生日的时候将军给他的一枚钻石别针，他死后也戴着它。

然后你会看到更多他的照片，更新的马车，然后是汽车，最后，你看到他在一辆帕卡德汽车前。他和一个小男孩站在一起，这个小男孩戴着眼镜，大大的脑袋，与他瘦削的身体格格不入。眼镜后面是一双又大又冷酷的棕色眼睛，眼睛里包含的东西远比他的年龄要多。那就是塔克。不久，就只有塔克独自一人站在汽车面前了，因为约翰也已经老了，不能开车也不能钻到车子底下进行修理，他告诉塔克应该如何去做，该怎么拧紧、松开或者调整。他所能做的就是照料花园里的花，当它们开花时，他就好像花儿一样骄傲。

这时候我终于了解约翰了。

周六，约翰会穿上他最好的西装，戴上很久以前将军给他的钻石别针，戴上一顶珍珠灰的帽子，在托马森先生的杂货店旁坐上公共汽车到新马赛的地方火车站，然后去北边。在那里，他会坐在对有色人种友好的酒馆里，和像他一样年迈、什么也做不了的老黑人聊天。

去年夏天，六月的一个周六，我接到了一通电话，电话的另一头说："车站里有一个黑鬼，是个老头，倒在地上死了。你想让我怎么处理尸体？"

"等一下，"我说，"我们马上到。"

塔克、卡利班太太、贝特拉还有我爬上那辆黑色的车。塔克开车,贝特拉坐在他旁边,她的肩线远远高于椅背,一件孕妇装从肩膀向膝盖倾斜,就像儿童游乐场的滑梯。卡利班太太和我坐在后面。她又老又矮,五十三岁了,头发还没有变灰变白,让我想起丁夫娜曾经有过的一个光滑的黑色瓷器娃娃。和这么多黑人一起乘车,我感觉有些奇怪,尽管他们是我的朋友。

没有人说话,没有人哭。我们依然心怀希望,希望是警察打错了电话,希望等我们到了停车场,发现是一个陌生人躺在那里。

到达新马赛时,我们去了警察局。公交车司机坐在一个装有风扇的小房间里,手里拿着一罐啤酒,在等我们。他很壮、秃头,苍蝇似乎总是在他头上飞来飞去。

"我们是来认领约翰·卡利班的尸体的。"

"好的,"他站起身来,小心翼翼地将啤酒罐放在桌上的圆圈水渍里,是之前滴下的水珠形成的,"跟我来吧。"他走出房间,我们跟着他。

"我非常熟悉老约翰。"他对我说,"每周六都在托马森先生的杂货店上车。在此之前,我没有怎么注意他。我们到了车站,大家都站起来,我关门前看了一眼后视镜,看见他就坐在那里,我想他是睡着了。他的头靠在柱子上。于是我站起来,走到后面,摇摇他的肩膀,但我感觉到他的身体有点冷。接着,我就知道了。我永远也叫不醒这个老黑——"他停下来,看着卡利班太太，但卡利班太太甚至都没有听见。"这个老人，即使我站在这里，摇晃他一千年，也没有用。他死了。"说话间我们就来到了公交车上，空荡荡，没有一个乘客，像一辆幽灵车。

"我就再也没有碰他了，我走去找警察，他们在老约翰的口袋里找到了你的号码，就是这样。来吧，让我绕过去把门打开。"他走到公交车的另一边，把手伸进车窗。门呜咽着打开了。

我们看见约翰就和他出门前的样子一样，但他的眼睛闭上了，生命的大门也闭上了。当我们爬上铺着橡胶地毯的狭窄台阶时，我们看见他腿上放着珍珠灰色的帽子，他浓密的白发重重地倚靠在将公交车分成前后两部分的镀铬横杆上。挂在横杆上的是一个白色的牌子，上面刻着粗重的黑色字母，如果他的眼睛是睁开的，如果他还活着，那将是他唯一能够看到的东西。

他是约翰，但即使在那时候也没有人哭。我们忙着签署认领文件，从北边找了一个当殡仪员的黑人，他正好认识约翰。当他来的时候，卡利班太太说："我希望你来做这件事。这样，他看起来就会像他活着时候的样子，不会被塞满棉花。"然后我们开车回萨顿。

那天晚上，我走进厨房，看见卡利班太太在准备晚餐。我终于意识到约翰已经走了，永远不会回来了。我意识到这一点，是因为我没有听见他在我窗户下的花园里哼唱，这几乎曾在我生命中的每一天上演。那时，我想起来很久以前，我还是个孩子，甚至比塔克还小（他十四岁就停止长高，我在一年之内身高就超过了他），约翰会把我们抱在他的膝盖上，瘦弱的膝盖上各放一个，然后笑着给我们唱歌。现在，我只能记得他的歌唱和笑容。

坐在厨房里，我开始哭起来，我为自己感到羞愧，因为我已经快是个大人了。卡利班太太从炉子边上转过身来，试图让我停下来，试图安慰我，但这无济于事。最后，她坐在我对面，用她的手握住我的手，我们一起轻轻地哭起来。

葬礼在两天后举行。教堂是新建的，但它在真正建成之前就被占领了，所以里面的墙壁不过是涂成灰色的煤渣块。教堂入口附近的一块小匾额，上面镶着十字架，我记得是一个女人捐赠的。它的颜色是淡天蓝色，边缘是青铜色。

来的人很少。我第一次意识到，卡利班家族在黑人中不太受欢迎，他们对我们的忠诚，以及我们对他们的爱，使得他们与其他黑人隔离，没有多少人愿意与他们成为朋友。我的母亲和我去了，我的父亲和妹妹没有去。我怀疑丁夫娜不会想去任何人的葬礼，我的父亲来只会显得不合适。贝特拉、塔克和卡利班太太坐在前面的长椅上，离棺材最近。

过程很安静，也很简单。终于到了亲友站起来说几句话的时候了。那是一个高大的黑人，秃头，斑斑点点的皮肤松弛地挂在强壮的骨头上。他站起来，转过身开始说话。

"亲爱的朋友们，我们今天来到这里，向我们的好友约翰·卡利班致以最后的敬意。"

"一个人的一生过得怎么样并不重要,不过好像无论如何我们也得说一说。那么,约翰做了什么?嗯,他从来没有做过生意;他一辈子都为一个家庭工作,从他说的话中,我知道他爱这个家庭,他从来没有觉得这是在为他们工作,更像是自己无论如何都会做的事情,即使没有报酬。我知道他想让我替他这么说,因为他走得如此匆忙,没有时间跟他们说。"有些人转过身来看着我们,我觉得很尴尬,浑身一阵冷一阵热。

"就是这样,我们不能站在这里谈论他所做的一切伟大的事情,因为他从来没有做过任何伟大的事情。但他总是做好事。我们都会记得约翰,因为当他走进我们的生活时,他总是面带微笑和欢乐,让我们看着他就觉得高兴。他是个单纯的人,从不做什么大事;他只是让你感到快乐。

"也许有一件事你可以说,我想他也想让我替他说,那就是他是所有人见过的同马打交道最棒的人,那并不会把他累坏。我认为最简单的话就是最好的话。约翰·卡利班是那种牺牲自己去帮助别人的人。他是个好人,从各个方面来说都是个好工人,拥有温柔的灵魂。"

黑人停了下来,我想,大概是教堂前面站着一个人,用一个"阿门"来附和这些情感。然后我听到一个尖锐的男声难以置信地说:"牺牲?就这些吗?就这些吗?该死的牺牲!"那一瞬间,我竟然没有意识到从教堂里站起来说这话的人是谁。直到看见那标志性的黑衣服,大脑袋上七分短发,钢架眼镜;直到我看见那只手臂因为厌恶而抬起然后放下,仿佛要擦掉那些字,我才意识到那人是塔克。

当他走向过道时,教堂里一片寂静。现在,贝特拉也站起来了。"塔克?"

他走到过道上,准备走出教堂。他的嘴巴紧闭,两眼茫然,神情沉重。贝特拉说了句抱歉,跟着塔克走了出去。她身体向后仰,顶着她未出生孩子的重量,脸上露出困惑的神情。然后他们就走了,教堂里响起了一两秒钟的嘈杂声,然后又归于安静。

黑人的沉着和自信被打破了,他磕磕绊绊说完了他的话。我们在教堂里排成一排,挤进车里,准备去墓地。透过那辆载着我和妈妈的汽车的挡风玻璃,我可以看到前面的塔克和贝特拉。他们一路上都没说话。

我们把约翰带到墓地,看着他被埋进土里,我们每个人都把一朵玫瑰连着一根绿色的棍子一起扔到棺材上。殡仪员说了几句听起来不太对劲的好话,接着我们就走了,回到萨顿的家。

我没有跟塔克说我的感受,那天晚上晚些时候我去找了他。他正坐在车库里的一个旧箱子上,他曾经和他的祖父在那待了那么长时间。我进去告诉他我对于约翰的死很伤心。他没有抬头。他的眼睛干得像滚烫的小石头。"我也是。"他最后说。

我转身要走,然后听到他咕哝:"没有以后了,结束了。"

"什么,塔克?"

"没什么,杜威。只不过是大声思考而已。"

两个月后,他买下了农场,一块位于德威特·威尔逊种植园西南角的土地,塔克的家人曾在那里做过奴隶和雇员,直到我的祖父德米特里厄斯把大种植园分成小块种植园,然后在萨顿的斯威尔斯买下房产,让威尔逊一家和卡利班一家搬了过去。我还是不明白,不明白他是怎么让我父亲把土地卖给他的。

那两个孩子走后,我的脑海里也闪过了那句话,但那似乎不足以成为塔克这么做的理由。一位我深爱着的老人去世了,他离开前最后看到的却是公交车上的种族隔离标志,但这不只是讽刺而已。我想肯定是有别的什么事情,但我还没想起来就听到山上传来引擎声。那是一辆昂贵而崭新的豪华轿车,开车的是一位浅肤色的黑人,他穿着西点军装,坐在那里,目不转睛;车子放慢速度,驶离了公路,我可以看到一个穿着优雅的黑人坐在绿色玻璃后面。司机停下车来,冲到旁边,打开车门,黑人走了出来,一个金十字架挂在背心上,上面有一条金链子。他戴着蓝色墨镜。

"上帝保佑你。威尔逊先生,我想也许你会来这个地方。"他穿着深灰色的三扣西装。鞋是黑色的,擦得锃亮。他笑了。"我向你表示欢迎,威尔逊先生。"他的声音听起来几乎就是英国人,有一种我能认出的品质。他把手伸进胸前的口袋,拿出一个烟嘴和一包土耳其香烟。"你抽烟吗,威尔逊先生?如果不抽,你介意我沉溺于一个危害较小的恶习吗?"

"不介意,你抽吧。"我结结巴巴地说。

司机点燃他的香烟,黑人深深地吸了一口。"克莱门特,你为什么不回到车里去?"他在和司机说话,"我相信威尔逊先生会成为一个很好的向导。"

我什么也说不出来。他笑了。"来吧,威尔逊先生,振作起来。"

"你是谁?"我挣扎着问,"你到底是谁?"我的声音又高又尖。"你怎么认识我的?"

他毫不犹豫地回答:"对于那些我认为很有前途的年轻人,我再熟悉不过了。至于我的身份,你可以叫我'汤姆叔叔'。"他笑着说:"至少在某些圈子里,这是一个古老而受人尊敬的名字。但我看你不高兴。好吧,那么布拉德肖不该这么说了。我是班纳特·T.布拉德肖牧师。来吧,威尔逊先生,我想,你或许应该非常了解塔克·卡利班。我很感激你能够洞察他非传统的个性。"

"你知道什么?"这真的很奇怪。

"我可不敢冒昧地说出任何肯定的答案。你看,不管是黑人还是白人,我都不懂他们的南方思想。不可否认,北方同样存在种族关系紧张的问题,但它和南方赤裸裸的、原始的野蛮程度不同。这就是我问你的原因。你在北方接受过一小部分的教育,但同时也是南方人,某种程度上可以为我提供一些解释。也许我的问题太笼统了。你不觉得你现在正在某件大事的现场吗？"他做了个大大的手势。"难道这里没有什么东西能让你想起《圣经》或《荷马史诗》吗？"

我点点头。我不喜欢他带给我的那种失利的感觉，他太了解我了。

"既然我似乎无法得到你明确的答复，也许我们应该参观一下农场，也许这会激发出你的大学的名言之一。"我们在农场里走来走去，停在德威特·威尔逊大钟的废墟上，又停在房子所在的灰烬堆上。之后，我们回到他的车上。"你现在怎么想，威尔逊先生？"

"我不知道。你怎么认为？"我觉得我当时很傻。

"威尔逊先生，你让我失望了，"他责备道，"今天下午在车站，你看到什么了？"

除了父母牵手，我对车站一点也不记得了，我保持沉默。

他皱着眉头，也许真的对我很失望。说实话，我也对自己感到失望。"黑人，威尔逊先生，黑人。有色人种、黑炭、老黑、黑鬼、黑煤。我敢说，新马赛车站里的黑人比以往任何时候都多，而且比今后任何时候都多。"

我不记得了。"好吧，那又怎样？"

他直指下去。"一切就是从这里开始的，威尔逊先生。你的朋友塔克·卡利班开启了这一切。你应该给他赞扬。至于我，我是站在正确的立场上。我从来没有想过这样一个运动可以从内部开始，可以从基层开始，以一场自发的燃烧开始。"

我紧张得不得了。"什么运动？"

"威尔逊先生,所有的黑人都要走了。"

我什么也没说,我看起来肯定是一副不相信他的样子。

"好吧,跟我来。我们去看看吧。"他为我打开车门。

我不确定我是否想和他一起去任何地方,但从另一方面来说,我知道我要去。"那我的自行车呢?"我傻傻地说。

"我们可以把它放在后备箱里。"

汽车的后备箱大得足以装下我的自行车,也许再装一辆也没有问题。在司机的帮助下,我用绳子把它固定住,这样它就不会弹起来,也不会破坏车箱内壁。然后,我爬到布拉德肖牧师身边,一起出发去新马赛。

"告诉我你所知道的一切吧,关于塔克对这个世界嗤之以鼻的一切。"他平静下来,转向我。

"比如什么?"我已经把自己所知道的都翻了一遍,但也许他能帮我回忆起一些事情来。

"一切,比如他在家里做的奇怪的事情,或者说是他高高抬起的下巴,坚定的步伐,任何事。"

"他给我写了一封信。但我一点也不明白。"我从口袋里掏出信读给他听,然后告诉他我十岁生日的事。也许是因为我知道我有一双会倾听的耳朵和一颗能思考的心,所以我没有停止回忆,而是继续回想。"你知道,当他说,'不过,无论怎么样,你总是能够学会的,因为你非常想学',嗯,我不知道我是否能学会,我不知道没有他我是否能做到,但也许他是想说,如果我真的下定决心,我可以做任何事。但这并不意味着什么,对吧！大家都这么说。我想这太简单了。"

他似乎很兴奋。"不，我不这么认为。威尔逊先生，你忘了你是在和谁在打交道。我们不是在谈论一个从柏拉图那里汲取灵感的老油条，我们是在谈论一个无知的南方黑人。我们不是在谈论新的、复杂的想法，也不是在谈论天才的、独特的灵光一现。我们正在谈论的是旧的、简单的想法，可能已经被我们忽略，甚至从未尝试过的基本想法。但是塔克·卡利班不能忽视它们，他刚刚发现了它们。我喜欢你的分析，威尔逊先生。你还能想到什么？我已经看到他了，对无数的冤屈和羞辱怒不可遏。这种愤怒涌上他的灵魂，复仇的鲜血就在他的眼睛后面。"

"不，那是错的。你错了。塔克没有生气。他几乎接受了一切，好像他知道这必定要发生，而且他无法阻止它。"

"也许是。好吧，继续。"

我又在想去年夏天的事，试图把重要部分摘出来。这一会，我什么也没说。现在，我们经过萨顿，经过了托马森先生杂货店的门廊，也许是因为到了晚餐时间，那里空荡荡的，或许是因为布拉德肖牧师所说的"运动"。"那些懒汉终于走了。"

"为什么不呢？塔克·卡利班让我们在乡间来回奔波，让我去找出原因，是什么原因让他离开。"他摇摇头。"这真是了不起，一个奇迹。"

我们爬上山坡，越过山脊，在橘红的暮色中，从山上望去，河的对岸，远处就是这座城市。从这一段距离看过去，它似乎一如既往，幸福，无忧无虑。

现在，我已经将去年夏天发生的事情在脑海中整理好了。在故事的结尾，谈到父亲把土地和农场卖给塔克的事情时，我表现出了自己的惊讶。

布拉德肖牧师自顾自地笑了。"威尔逊先生，男人有时会做一些奇怪的事情，尤其是我们的父辈和我们这一代人。别忘了，我们出生在一个真正的理想主义时代，对现存社会秩序的不满会让我们打破我们的祖先、我们的父母为我们建立的生活模式。"

我开始大笑。"我父亲？哦，我父亲。如果你认识他，你会更了解一切。"

"我确实认识他。"他直截了当地说。

"你认识他？"我突然转向他。

他这次对我笑了。"不用担心，威尔逊先生。我了解他就像我了解所有人一样。所有的男孩，现在是男人了，所有在'大萧条'中长大的我们，都对西班牙内战咬牙切齿，都和'共产主义夫人'调情。我们有些人甚至娶了她。有些人和她结婚了，转眼又离婚，再也无法真正坠入爱河。"他的眼睛变得迟钝，呆呆地看着远方，仿佛他不仅能回忆起那些日子，还能看到和感觉到那些日子。

"这其中不包括我的父亲！"我打断了他的回忆。

他转向我。"我仍然认为，男人在断奶后，有些时候会做一些奇怪的事情。"

"我父亲不是。"这次,我温柔地重复了一遍,然后笑了,因为我听起来像一个回声机。

布拉德肖牧师没有笑。"随着年龄的增长,你会发现你父亲身上有许多奇怪的地方。"他再次微笑,但更多的是一种邪笑。

我们已经更靠近新马赛了,经过了空荡、阴沉的田野,在那里,成排的玉米和棉花长出绿色的嫩芽,现在,我们穿过黑桥进入北边。街上到处都是被搬出来的、丢弃的生活零碎:破旧的衣服、床垫、坏了的玩具、相框、有缺口的家具,以及所有黑人不能放在挎包里或背上的东西。这里没有多少人,只有几个流浪者,手里拿着用绳子或白色洗衣绳捆起来的棕色纸团。一位老人拄着拐杖蹒跚而行,很可能是朝着车站走去。他身穿墨西哥帽袍,白胡须打成一个结。一个女人,独自一人坐在轮椅上沿着排水沟在快速前进,膝上放着一个小手提箱。虽然她的肤色是浅灰色的,但她本来是深肤色的黑人,现在看上去像是多年没有晒太阳了。

我们继续向车站驶去,但当我们行驶到只有三个街区远时,我们发现我们没有办法前进了,因为马路被头戴着牛仔帽、脚系钢蓝色绑腿的州警以及穿浅蓝色制服的新马赛警察堵住了。路障那边,黑人正在往车站里面挤,各种各样的黑人,深肤色的、浅肤色的、矮的、胖的,成千上万的黑人。一些人唱着圣歌和灵歌,但大多数人静静地站着,一点点向前挪,若有所思,带着得胜的欢欣,因为他们知道他们不可能被阻挡。

他们拖着脚步向前走，凝视着前方，微微抬头望着车站那栋建筑，只看到了白色圆顶。

布拉德肖弯腰对着左边的麦克风。"克莱门特，我们要出去了，在这里等我们。"

"好的，先生。"从电线里传来克莱门特金属般的声音。"我回去停车，先生。"

"来吧，威尔逊先生，上帝保佑，我们会有一些问题得到解答。"

我点点头。我们下了豪华轿车，绕过路障，发现自己几乎立刻被人群吞没。我们前进到一个七口之家的旁边——两个成年人和五个孩子，孩子的年龄从十岁到怀里的一个婴儿。父亲已经把车费拿出来了，手里攥着几张钞票。他很高，瘦而精壮，黑得像一根风化的篱笆柱。他的头发是直的。他妻子和我一样高，皮肤是混浊的棕色。孩子们长得像他们，他们睁大眼睛，睡意蒙眬，像小僵尸一样走路。"艾尔伍德，我累了，我累了。"一个小女孩，刚过了蹒跚走路的年龄，转向她稍微大一点的哥哥说。

"妈妈说我们很快就到。安静。"

"但我累了。"

布拉德肖牧师伸出手，把手放在父亲的手臂上。"上帝保佑你，兄弟。我是黑人耶稣会的班纳特·布拉德肖牧师。你介意我问你几个问题吗？"这让我很吃惊，他对这件事如此感兴趣。

"艾尔伍德，我累了。"

"安静点，露西尔，不然我就给你头上一巴掌。"他低头看着布拉德肖牧师，"不，继续。"

"艾尔伍德，我累了。"

父亲转向妻子。"女人，你不能让孩子把嘴闭上吗？你现在继续，牧师……你叫什么名字？"

"布拉德肖。我只是想问你要去哪里？"

"我想我们要去波士顿，有一些朋友在罗克斯伯里。"

"我还是觉得这太疯狂了，我们收拾行李向北走。到了那里我们怎么办？"妻子俯身向布拉德肖牧师和丈夫说话。

"安静点，我告诉过你我们要走，因为走是对的。"丈夫威胁地看着那个女人。

"是的，我想知道，你为什么认为走是对的？是什么让你这么想的？"男人在想他的答案时，我们在继续往前进。我不时注意到，人群边缘站着一小撮白人，他们的手插在口袋里。他们不像城里人，一定是从乡下的小城镇来的。他们看起来很茫然，我想，他们可能意识到了他们无法阻止黑人。他们也许害怕尝试，因为他们做的任何事情都将遭到这群安静而稳定地向前移动的黑人的猛烈抗议。

终于，与我们谈话的那个人开口了。"好吧，现在我不知道我是从哪里冒出这个想法的。昨天，我刚下班——我在马赛市场打扫卫生——遇到了我的一个表兄。'你好，希尔顿。'我说。"

"'你好，埃尔顿，'他说，'你什么时候离开？'

"'离开哪里，伙计？'我问。

"'怎么，你没听说吗？'他说。

"'听说什么了？'我说。

"'伙计，'他说，'伙计，你不知道发生了什么事吗？我们黑人都要搬走了。我们都在离开，整个州的我们都群起而走了。'

"好吧，你知道，我觉得他是在愚弄人，所以我只是看了他一会儿，但我看到他并没有满脸笑容；他是个严肃的男人，赤裸着上半身坐在一个装刀片的木桶上，于是我说：'喂，希尔顿，这是怎么回事？'

"'嗯，这一切都是从周四或周三开始的，我不确定，但似乎萨顿所有的黑人都在想，他们不会再忍受下去了，这不值得战斗，因为我们这里的情况没有好转。即使在有色人种得到了更好待遇的密西西比州，也有一些人走了。似乎如果这个州真的在州与州之间的战争中被鞭打的话，我们有色人种会过得更好。但这个州是南方邦联中唯一没有被北方佬痛打的州，'至少希尔顿是这么跟我说的。希尔顿说，萨顿有一个有色人种，他告诉黑人所有的事情，所有的历史和所有的东西，而且他说，事情变得更好的唯一方法是所有有色人种都搬出去，对我们所知的一切置之不理，开始新的生活。"

布拉德肖牧师稍微转向我。"传说就是这样开始的，威尔逊先生。"

我懂了。

"不管怎样，我跟希尔顿谈过之后，就跑回家去，告诉我妻子收拾行李，因为我们明天就要走了，也就是今天，我不想被愚弄。"他转向妻子，完全忘记了我们。"你没看见吗，宝贝？我们得走了。这是唯一的办法，因为如果……"

"我们已经看够了，威尔逊先生。"布拉德肖牧师挽着我的胳膊，我们斜向穿过人群，直到走到人行道上。然后我们经过了一群白人。我能听到他们在小声议论我。"他是个黑白混血儿，那个金发的。为什么他还要和黑鬼混在一起？他不是白人，那个，他一定是个黑鬼。但他一定能骗过我。"我满脸通红，然后，奇怪的是，我居然感到有点骄傲。

当我们走回路障时，布拉德肖牧师说："嗯，威尔逊先生，难以置信，但却是真的。"他不停地摇头。"我永远不会……"他的话没有说完。我们到了车边上，上车，布拉德肖牧师弯腰对着麦克风："克莱门特，带我们回萨顿去。"

司机发动汽车，慢慢地移动，直到他发现一条小巷子，拐进去，小心翼翼地驶过垃圾桶和碎屑，直到驶出另一端，我们可以看到黑暗的天空。我们沿着小巷和小街走，直到人群散去，那时车子已经到了北边，即将拐上公路和黑桥。

现在，我们开车经过之前看到过的那两栋平房，木瓦屋顶，两扇窗户，映照在汽车前灯下，我向后一靠，感觉很好。"布拉德肖牧师，你知道这一切有多神奇吗？塔克·卡利班！教会我骑自行车的人。哇！我想起我妹妹了。当贝特拉说她要嫁给塔克时，我妹妹不明白，她认为塔克配不上贝特拉。真是神奇！"我笑了笑，摇了摇头，瞥了布拉德肖牧师一眼。令我吃惊的是，他悲伤地坐着，脸色阴沉，头贴在胸前。"你不这么认为吗？"

"是的，威尔逊先生，确实很神奇。太棒了。"他并非真心认为如此。"你还年轻，威尔逊先生，你还没有体会过那种因为某个原因自己的生活被磨碎，然后看到别人在你一败涂地的地方取得成功的感受。"

"是谁做的有什么影响？这是该做的事，反正也有可能发生。甚至不需要塔克告诉他们，他们有一天也可能会站起来，然后离开。那有什么区别呢？"我们正驶向哈蒙河谷。

"我来告诉你区别。"他慢慢向前倾，看上去很疲惫。他说话时，带着悲伤和怨恨的声音，这令我吃惊。"你说到塔克一家不需要你，不需要他们的主人。你有没有想过像我这样的人，一个所谓的宗教人物，需要像塔克这样的人来证明他的存在？这一天很快就要到了，威尔逊先生，人们会意识到他们不需要我和像我这类的人。也许对我来说这一天已经到来了。你的塔克会站起来说：我可以做任何我想做的事，我不需要等待别人给我自由，我可以自己得到。我不需要领袖先生、老板先生、总统先生、牧师先生、部长先生或者布拉德肖牧师。我不需要任何人。我可以自己为自己做任何想做的事。"

我仍然对这一切感到如痴如醉，以至于没有意识到我无法说服他。"但这是你一直想要的，是你作为黑人领袖为之努力的事情。他们是你的人民,而他们正在解放自己。"

"是的,他们让我被淘汰了。当你一觉醒来发现自己被抛弃了,会是什么感受?肯定不是特别令人振奋或美妙的感受,威尔逊先生。一点也不美好。"

我只能盯着他看,看到他的眼睛因前照灯的反光而映照出暗淡的光,他的拳头紧握着。

我不再看他。我转过身去,发现我们正在进入萨顿,路灯已经照亮了西边杂货店的门面。我可以看到托马森先生杂货店里的灯泡在公路对面洒下的黄色的阴影。

几秒钟后,当我回头看布拉德肖牧师时,他更加悲伤了,目光呆滞地看向远方。

卡蜜拉·威尔逊

Camille Willson

昨晚，一切仿佛回到了二十年前。很长一段时间，我们失去了曾经那种美妙的敞开胸怀的感觉，虽然我们会交谈，但是我们很久没有做爱了。今天，我走下月台，去为杜威接风，我感觉到大卫的手搭在我的胳膊肘上，然后顺着我的胳膊滑下去，直到他握住我的手。他几乎就是那个我深爱的大卫，当然，他现在已不再年轻，我们也永远无法弥补失去的岁月，但是现在又让我有了二十年前的感觉。比如我们刚结婚的时候，我迫不及待地想让他和我上床。如果他靠近我，我会搂着他，靠近他，或者摩擦他，所以只有我的胸部触碰了他。我一直蠕动，直到我知道他能感觉到它们在他的胸口。然后我就放开他，假装什么都没发生过，好像我不知道自己在做什么。我想这很傻，但我太爱他了，靠他再近也觉得不够。

有时，即使是在午后，我也会大胆地给他写一封信：

亲爱的大卫：
　　你有十分钟的时间做完手中的事情，因为我正要来接你，我爱你。
　　　　　　　　　　　　　　　　　　　　卡蜜拉

我会走进他读报或写作的地方,说:"这张纸条给你。"

"哦?"他会说。

"是的,先生。她也很漂亮。"然后我转过身去,听到他笑着对我喊道:"我要拿你怎么办?"

然后我会说:"你知道答案。十分钟后来。"然后我会把一切都准备好,这样就不用担心了,万事妥帖。我跑进卧室,脱下衣服,在身上、屋里洒上香水。这时,十分钟就到了,他会进来解开衬衫的扣子,说:"那个留字条的女孩在哪里?"

我会躺在床上,把被子盖到下巴,然后用很小的声音说:"她在这,大卫。"

他走过来,坐在床边,温柔地看着我,有时他的目光太过温柔,我会哭起来。我会像个小女孩一样开始哭。他会对我很好,会让我坐起来,把我抱在他的怀里,甜蜜地吻我,让我几乎融化。他会说,"我爱你,卡蜜拉"。

"噢,上帝,大卫,"我会说,"我太爱你了。"然后他会脱下衣服,我们会做爱好几小时。

但不是只有做爱是那么美妙的,我不想让你这么想。也不是因为我们新婚燕尔。有时我们表现得像结婚五十年的人。我想主要是因为我们彼此理解,至少大卫理解我,我信任他,所以不必真正理解他。

不管怎样,我们刚结婚的时候就是这样。那时我们住在新马赛，大卫在为 A-T 工作，也就是《新马赛晚报》[1]。

我是在北区的一个聚会上遇见他的。我父亲送我去了亚特兰大的一所学校，在那里，他们本应教我做一个淑女，而我本应该在那里遇到一位年轻的南方绅士。但我还是挺过来了，单身回到新马赛。

当我回来的时候，我发现我的一些朋友加入了一个波希米亚团体，他们在博物馆学习艺术或写作，坐在地板上谈论马克思主义。他们带我去了他们的一个派对。终于从亚特兰大的流放生涯中得到解脱的我迫不及待地想参加。在那里，我遇见了大卫。

我们开始经常一起出去，但这不完全是我妈妈所说的追求，因为我们没有真正地约会；大卫有工作的时候，我就跟着他一起去。我不在乎他带我去哪里，只要我和他在一起。

但有时我们本该见面，他却打电话来说："卡蜜拉，我不能来找你，你不能见我。我今晚不能见你，我需要完成一些事。"当然，我想知道什么是特别的事情，为什么他看起来那么辛苦。我知道他爱我，我知道我不是在自欺欺人。他知道我爱他。但还是有些时候，他说话的语气很奇怪，既心不在焉又闪烁其词，还十分简短。他甚至不让我去和他坐在一起。

你可以猜到我会怎么想：可能有另一个女孩，我会伤心，并说服自己，他只是在和我玩玩而已。但事实上，在内心深处我

---

[1] 即 *New Marsails Evening Almanac-Telegraph*。

知道根本不是这样。当我遇见他的父亲时,事情开始有点端倪了。

一个周日,他带我去兜风,我们向北朝萨顿开去。他没说太多,在认真考虑一些事情。当我们到达萨顿的广场时,他没有直走,而是向左转,在我意识到我应该有点紧张之前,我就站在了他父亲德米特里厄斯面前。他父亲是一个瘦削,满头白发的硬汉。大卫去拿饮料。威尔逊先生看了我很久。"你爱他,是吗?"他说。

"是的,先生。"

"他也爱你。我想他很快就会和你结婚,你想嫁给他吗?"

"是的,威尔逊先生。"我回答。

"我没意见,但你得知道你在干什么。你永远也不能离开他,总有一天他会比你想象的更需要你。他有点自不量力。他不知道我很了解他,但我确实了解他。"大卫来了,威尔逊先生停了下来,我想他不会继续说了。

我不知道大卫父亲说的话是否让我对大卫在那些晚上奇怪的表现感受好些;我不知道别人的话是否会真正影响我对他的感觉,因为我非常爱他,如果有人告诉我关于他的一些不好的事情,我就不会相信。如果有人告诉我一些好消息,我会觉得他当然很棒。

无论如何,没过多久他就向我求婚了。我嫁给了他,我们那时很幸福。我们住在新马赛,经常去北区参加聚会,当他工作时,我陪在他身边。当我们回到家的时候,我们做爱,大笑,真的很享受和对方在一起的时光。但还是有一些夜晚,他不想让我在身边，他会送我去看电影。但那些晚上并不像我们结婚前那样让我担心，即使我担心了，我也不会说什么，因为我信任他，不想唠叨他。有时他会对我说："卡蜜拉，谢谢你没有问我在做什么。你知道的越少越好。"

然后我怀上了杜威，而那时大卫被解雇了，一切水落石出。

除了为《新马赛晚报》写作外，大卫还在纽约的一些共产主义杂志上发表文章。他用了笔名，但是《新马赛晚报》还是发现并解雇了他，主要是因为他在种族问题上秉持非常激进的立场。我不太明白，但如果他认为他做的是对的，那他做什么对我来说无关紧要。我试着告诉他一切都好，如果他想去纽约，全职为那些杂志工作，我们就去纽约。但当我告诉他我怀孕时，他说不行，我们不能去纽约，因为在报社的工作太不稳定，我们可能会被困在那里。他试着找工作，但找不到，他开始惊慌失措，我也无能为力。每一天，他都在改变。

他的表现可能与他从北方收到的信有关。我从来没有读过那些信，他也从来没有告诉我信上说了些什么，但每次有信寄来他都会变得更冷淡。信都是装在没有标记的信封里，印有纽约的邮戳。后来我都能认出那台打字机，一台"I"键坏了的打字机。每次打"I"时，打字机都会自动空一格，这样威尔逊（W-I-L-L-S-O-N）就会被拼写成"W-I- 空格 -L-L-S-O-N"。我会从信箱里取信，一封封过目，然后看到一封收件人为"DAVI D WI LLSON 先生"的信。我知道，无论里面写的是什么，都会让大卫不高兴，让他比以前更不友好。所以，当我从信箱拿出信,看着那台打字机打出来的字,我希望有一天我能遇见用那台打字机的人,并亲手杀了他。好吧,那只是个白日梦,什么也没有发生。但无论是谁写的信,无论坐在大卫对面与其谈话的人是谁,无论是谁,我都没有见过他。即使没有信来,也为时已晚,所有的损失都已铸成。

最后一封信是在一天早上大卫离开家后送到的,比以往任何一封都要长。我之所以知道,是因为它装在了一个商业信封里,而不是像其他信那样装在私人信封里,而且似乎更重。但那是来自同一个人的,我认出了那台打字机。我把它从邮筒拿到我们的公寓,想了很久,很想打开它。但我没有,我只是坐在床上用手称了半天,感觉信封的重量。因为信太长了,内容会比之前的那些信更糟糕。然后我决定如果大卫想告诉我,他会,如果我能帮助他,我也会,但如果我不能帮助他,我会同样爱他。然后我把信放在梳妆台上,离开了房间。

大卫回来得很晚。我已经梳洗完毕,躺在床上看书,这时他进来,关上了身后的门。他朝我笑了笑,然后看到梳妆台上的那封信;他和我一样,知道这封信是谁寄来的。他低头看了我很久。接着他走到梳妆台前,把它打开,信件叠放得很整齐,大卫坐在床沿上看。他好像花了好几个小时。我坐起来看着他一页接一页地读,把每一页都叠放好。当他读完后,他坐在那里盯着地板,手拿着信放在两腿之间。接着,他把信折起来放回信封里说:"好吧,这是最后一次了。他已经承诺了。也许我现在可以得到一些宁静了。"

有那么一瞬间，我内心感到很温暖，很舒适，因为我在听他说的话，并不是他说话的方式。

我看着他，他在脱衣服，我什么也没说，关了灯，我们清醒着躺在那里，好久没碰过对方了。我知道他醒着是因为他仰面朝天，他这样的姿势睡不着。终于，他叹了口气，虽然我知道他可能认为我在打听，但我还是说："大卫，难道我什么也做不了吗？到底发生了什么事？"

他沉默了好久，然后又叹了口气。"你对我很有信心，不是吗？"

"是的，大卫。"

"你怎么会对我有信心？"他这样问，并不是不相信我对他有信心，而是希望得到一个落到实处的答案。他总是想让我用语言表达我的感受，我总是觉得很难做到，但我努力去表达。

"我不知道。我就是对你有信心。你从没让我做过我不想做的事。我喜欢你，我爱你，我始终相信你不会故意伤害我。"

"但假设我做了伤害你的事呢？假设有一天早上我出去找工作，然后晚上你在报纸上看到大卫·威尔逊和一个已婚女人两个人赤身裸体躺在床上，都被那个女人的丈夫枪杀了？假设这篇文章说我和这个女人交往了两三年？你仍然相信我，你仍然会爱我吗？"

他说话的时候，我感到一阵恶心。但接着我就意识到他只是给了我一个例子，没有什么事情是真的发生了，他试图找出其他的东西。

"大卫，不要这样说。"

"为什么？"他突然坐起来。"那样，你就不会相信我了，对吗？"

"不是这样，大卫。"我伸出手来，放在他的胳膊上，他没有躲开。"不是那样的。不管怎样，我都希望你活着。不是我不信任你。你可能在做那些事，但我之所以相信你，是因为我认为你不会。如果你说的真的发生了，我想，即便我受伤了，我也会认为你有一个很充分的理由。也许我也会恨你。但以后我会对自己说，也许你不得不那样做，因为我不了解或无法帮助你，甚至也许是因为你在她身上找到了一些你在我身上找不到的东西。我想我还是相信你做了你所看到的最好的事情。"

他什么都没说。

"那么，如果我做了类似的事情，然后发现自己错了，对此感到内疚，觉得自己背叛了你，最重要的是，也背叛了自己，那该怎么办？谁能让我重拾信心？"他停下来。"你能做到吗？你能对我说些什么，让我改变我对自己的看法吗？"

"我不知道，大卫。我会努力的。我接受你这样做的事实，并试图让你接受它。"我看见他现在稍微好了一些，坐在床上，身体微微前倾，拳头紧握。

"如果我没有做一些我应该做的事情呢？如果在本该勇敢的时候，我做了懦夫呢？因为，卡蜜拉，这就是我。当我不必做一个懦夫的时候，我是个懦夫。这比别无选择不得不做一个懦夫更加糟糕。"

我非常想让他告诉我。"是什么事？"

"现在这一点也不重要了。"

"它很重要。"

"不是什么特别的事。只是我本应该非常坚定地相信某件事，但是当该站出来支持它的时候，我没有。我退缩了。"

我应该更仔细地考虑我当时说的话。"好吧，也许你根本不应该相信它，也许一开始就是错的。"

他转向我，我伤害了他。"但它是对的！现在仍然是！"

"但也许对你来说并不好。也许对你来说它不是正确的事情。"我不应该逼他。

"噢，看在上帝的分上，你一点也不明白。"他倒在枕头上，盯着天花板。

"我尽力了，大卫。我想做到。如果没有，我很抱歉。"噢……其实我不想，我试着停下来，为自己感到羞愧，但我能感觉到自己开始哭泣。不多，只是脸颊上泪滴滑落。

"卡蜜拉？卡蜜拉，别这样，这不是你的错，根本不是你的错。"他把手伸到我的被子里面，握住我的胳膊。我转向他，他搂着我，吻了我的眼睛。

"大卫，我希望我能帮助你。我希望我能做点什么，但我……我就是这样……愚蠢。"他又吻了我，我能感觉到他的身体和我的身体开始想要对方，我把他紧紧地抱在我身边，他凑过来，开始拉起我睡衣的下摆。然后他不再吻我了，我试着将他拉得离我更近，因为做爱是我唯一能做得很好的事情，接着，我突然感觉到我脸颊上一片湿润，起初我以为是我自己的眼泪，原来是他的。他从我身边挪开。"没用。我甚至不再觉得自己是人了。"

那是我们最后一次真正的浪漫，在那之后，我们之间的关系再也没有好转。在那之后，我们搬到了萨顿，大卫开始和他父亲一起做家族生意。他的家人对我们很好，但我知道大卫讨厌待在那里。我知道这是他最不想做的事情，因为他讨厌一个人能够赚钱只是因为他碰巧拥有土地，而其他穷人则需要以此为生。他讨厌收取租金和其他所有房东做的事情。因为他太郁郁寡欢了，所以我们之间的话越来越少，我们也没有再去新马赛与北部的人交往。有时我会问他，他会说我们必须长大，我们不能再做那些幼稚的事了。我们有时候会做爱，然后我又怀上了丁夫娜，大卫似乎对此很高兴，但我认为他高兴的原因是他再也不需要做爱了。

我们搬到萨顿时，我第一次见到塔克。那时他还只是个婴儿，大约两岁，又黑又瘦，肚子臃肿，脑袋很大。他坐在自己的游戏围栏里，四周都是积木。他会把它们一个个堆成巨大的形状。我记得有一次，他搭了一个比他自己还要高的房子，只剩下一块积木了。他把它放在最上面，然后靠在围栏上，久久地看着他所建的东西。然后，他又爬过去，挥舞着拳头，一拳就把它打了个粉碎。他这样做时划伤了手，但他压根就没有哭。你会知道，他有自己的方式，他不是在玩耍。

战争开始了，大卫被派往西海岸。他从未离开过美国。我知道这听起来很奇怪，但我很抱歉，我真希望他能被派到真正的战争中去，因为如果他能开枪，做一些他认为有用的事情，也许会更好。他在圣地亚哥的一个办公室工作，就像每天去上班，工作内容是收租，日复一日。

我希望大卫离开家，离开我和孩子们，这对他会有好处，但当他回到我们身边时，他的情况变得更糟了。当他在家时，他通常待在书房里。

就是在那时候，我开始感到孤独。不仅因为我意识到我的婚姻正在变冷。我想我对此已经明白并接受了。我在萨顿，感觉就像个局外人。我找不到人说话。我觉得我找的每个人都是陌生人，另一个威尔逊，而我是唯一非威尔逊家的人。我的孩子都是威尔逊家的。而且，我想尽量不让他们了解情况，他们对情况了解得很快。甚至卡利班家的人都是威尔逊家的人，因为他们和这个家在一起太久了。而我是一个陌生人，住在本该是我家的房子里。

所以我做了一些直到最近才感到羞愧的事。

杜威年轻的时候非常喜爱塔克，所以他坚持让塔克睡在自己的房间里。我们把一张小床搬进房间，塔克每晚都睡在那里。我总是在睡前给他们讲故事。

有一次，我经历了非常沮丧的一天，当我把孩子们塞进被子里之后，我开始讲故事："有一次，有一位公主——"

"她漂亮吗，妈妈？"杜威说，他仰卧着。

"她当然很漂亮。所有的公主都很漂亮。"塔克看着他，皱着眉头。他坐起来了。

"嗯,我不知道。那并不重要,真的。有一天她在舞会上遇到了一位白马王子……舞会上的人都是画家。"我还记得当时我正在依靠自传写作申请作家执照。

"妈妈,他们画的什么画?"

"哦,关于人和农村之类的事情。"

天很黑,除了月亮,我能看到塔克坐在床上的轮廓。杜威的被子一直盖到下巴。

"嗯,公主爱上了白马王子,不久他们就结婚了。"

"妈妈,故事结束了吗,没有了吗?"杜威失望地问。

"不,亲爱的,还很长。这是一本在结局后才开始的故事。"那时我才意识到自己在做什么,但我似乎无法阻止自己。

"怎么会这样?"杜威不明白。

塔克挪动了一下,月光照到了他的小眼镜上。"杜威,好好听故事,她会告诉你怎么回事。"

"但是,一个故事怎么能在结局之后一直持续下去呢?"

"这是你妈妈的故事,她可以随心所欲地讲。"

"噢。"杜威说。

我继续说:"很快他们就结婚了,王子带她去了你见过的最好的城堡,在一座山上。他们度过了一段快乐的日子,直到有一天王子出去打仗回来,伤得很重。"

杜威当时开始喘粗气,我知道他快要睡着了。但塔克仍然感兴趣。即使他睡着了,我想我还是会继续说下去,只是为了能大声地说出来,即使是这样。

"王子很伤心,因为他输了这场战斗,所以公主也很伤心。但她发现她不能为王子做任何事。有一阵子,王子甚至不再和公主说话了,而他们过去总是有聊不完的话。所以公主在城堡里的日子变得很孤独。因为没有人可以说话。"当我想到这件事时,我感到很惭愧。我,一个成年的女人,把我自己的故事伪装成童话,告诉一个小孩子,向他忏悔,向他倾诉。但这还不是最糟糕的。"没有人和她说话,也没有人和她在一起,所以她变得非常孤独。她时常会想逃跑,想回她父亲的城堡,但她不是真的想这么做,因为她非常爱白马王子,她不想离开他。但她开始越来越想逃跑。她甚至有一次告诉王子她在想什么,但他似乎并不在乎。他对她说:卡蜜——我几乎说出了自己的名字。"在黑暗中,我脸红了。我停下来是因为我知道我做错了。我以为我在自言自语,但当我抬头一看,我能看到塔克的小眼镜闪闪发光。他还在床上笔直地坐着。我能感觉到自己开始深深地哭泣。"好吧,塔克,你该睡觉了,亲爱的。"

"讲完了吗,威尔逊太太?"

"这不是一个好故事,里面没有刺激的剧情和绚烂的烟火,你不会想听到结局。"

"不,夫人,我想知道。我喜欢这个故事。"

"是吗?为什么?"

"因为这是关于真实的人的故事,就像我知道的那样。"

"一个关于恶龙和战争的故事不是更好吗?"

"不，夫人。我不相信那样的故事。"

"哦，亲爱的，故事没有结局。你来为它写一个结局，你会怎么做？"

"我？"

"是的，继续。你觉得公主应该怎么做？"我想我只是在逗他。我不是认真地在问他，他才九岁。

我看着他。我可以看出他在思考，在月光下，他的被子围在腰上，就像他站在齐腰深的水里。他看着窗户，然后看着我。"我想公主应该等一下，她不应该逃跑。"

"为什么？"我没在戏弄他。

他直直地看着我，就像一个知道大卫和我的事的老朋友，告诉我该怎么做。"因为王子总有一天会醒悟过来的，他会没事的。"

这让我感到紧张，愚蠢，还有点疯狂。他不应该知道，他才九岁，但我还是感到紧张。

我确实在等待，一天一天地生活，向自己保证，如果第二天什么都没发生，我会去见我的哥哥——一个律师，告诉他开始进行离婚诉讼。但每天晚上我都会说服自己再等一天。

所以我等了很多年，直到去年三月，然后我决定我不能再继续下去了，不能那样继续下去，我欠自己的比我得到的更多，这样的婚姻持续二十年对任何人来说都足够了。

所以，在一个周一的晚上，我告诉塔克，我想让他开车送我去新马赛，请他在第二天上午十点把车准备好。我站起来——穿着一件很黑衣服，就像参加葬礼一样——喝了杯咖啡，拿起钱包，出门上车。我哭了起来，车子下山，进入萨顿，然后又爬上哈蒙河谷的山脊，其间我一直在哭。我可以从山脊的顶部看到远处新马赛在"移动"着，模糊不清。我们一路进城，塔克把车停在我哥哥的办公室前。我告诉他如果发生什么事，联系 R. W. 德威特律师事务所。

他就是在那个时候张嘴的。当时他下车为我打开后门，我从座位上滑过去，他透过厚框眼镜直直地看着我说，声音那么轻，那么安静，一开始，过往车辆的轰鸣声和人们沉闷的叽叽喳喳的声音让我没听见他的话，我让他重复一遍。或者我听到了，但我不敢相信我的耳朵，因为他不可能记得。又或者当我告诉他这个童话故事的时候，他早就知道了。我抬起头，惊讶地说："你说什么，塔克？"

他又说："我想公主应该等一下，威尔逊太太。至少不是现在，一切就快结束的时候。"

我让他带我去最近的电影院，我在那里度过了一天。

在过去的几个月里，我每天起床都试图说服自己这一天将是等待结束的一天，到了晚上，一切都将结束。但直到昨天什么也没发生。然后我不确定发生了什么。昨晚大卫进来了，站在我床边，低头看了我很长时间，用最奇怪的方式低头看着我说："卡蜜拉，我犯了一百万个错误。你怎么能忍受这么长时间？"我什么都说不出来。"卡蜜拉？……"但他没有继续。他就是这么说的。不是说他爱我，也不是希望我还能爱他。他只说了那些。这对我来说是有意义的。

179

大卫·威尔逊

David Willson

1957年5月31日，周五

这一天的开始与其他的日子没有什么不同，但对我来说却是充满转折和胜利的一天。我几乎觉得自己有了新的开始！好像这些年来虚度的光阴（我突然意识到我是多么浪费）再度回到我身边，这一切重新开始。二十年前，我一直感到自己需要和缺乏的是勇气和信念，二者我都不具备，一丝一毫都没有。当然，我有借口。我总是可以说我做了负责任的事情，但是这种理由从来没有使我立即信服。

有时候，我妄想（至少我是这么认为的）有人能够帮助我，给予我信心和勇气去做我想做的事，但这是徒劳的。虽然我也一直认为，没有人能真正给予别人勇气；革命领袖实际上是帮助他的追随者找到自己内心的勇气。如果这些追随者还不具备这种勇气，那么领导者的努力将是徒劳的。勇气不能像圣诞礼物一样赠予他人。但我似乎错了，所以我很感谢自己错了！因为今天我被赋予了勇气，是我以前从未拥有的勇气。或许我真的拥有勇气，只不过这么多年来，它到底藏在我灵魂深渊的哪一个角落？我对找到它感到绝望。好吧，现在已经找到了，或者被给予了，或者别的什么。

今天，和往常一样，我离开家去托马森先生的杂货店取我的那份《新马赛晚报》。（我不知道我为什么每天都要读那份报纸，除了它能让我回忆起过去的美好时光。我喜欢读它，寻找上面的错误，纠正错误；我喜欢时不时看到和我差不多同一时间加入报社的人的名字；我喜欢它，我想，因为它是新马赛最好的报纸，而且总是有些故事从不起眼开始，慢慢走向头版，直到成为重要新闻的内容。）

我走下坡，走进广场，穿过杂货店。（今天早上有两三个人和一个男孩在那里，大概七点三十分，这个时间点不太寻常。我当然没有和他们说话，我一个也不认识。他们没有一个在我的土地上工作。）

当我拿着报纸回家的时候，一如既往，我走进书房开始阅读，然后，突然，它就出现了，我意识到我一直在等待看到的东西出现了（我急忙补充说，我从来没有想过我会看到它，也不知道它会是什么样子，但一看到它我就知道了）。它塞在报纸第二十页的女士夏季套装和腰带的广告中，对于总编辑来说，这只是一条补白，但对我来说，它重要得可以上今日头条。我已经可以预想到它的字体可能和珍珠港被袭击的报道一样醒目。我把它剪下来贴在下面：

火灾摧毁农场

农场主放的火？

萨顿，五月三十日——一场大火烧毁了农场主塔克·卡利班的房子，在那以北两英里处，三十多名围观群众没有一个人试图扑灭它。目击者称，是黑人卡利班自己故意纵火的。

接受采访的人说，他们大部分时间都在观看卡利班在自己的土地上撒盐、射杀牲畜、毁坏家具。然后，晚上八点，他走进屋里，点燃自己的房子。然后，他们说，塔克没有解释就走了。

记者未能联系到卡利班发表评论。

我相信这篇文章对其他人来说意义不大。但是根据塔克曾经对我说的话、表达的感情，这对他和我自己都意义非凡。他已经解放了自己，这对他非常重要。但不知怎的，他也解救了我。他孤身一人，所以，这并不能使我二十年前梦想的一切成为现实。但这是有意义的。我也为此做出了贡献，我把土地和房子卖给了他。我怀疑去年夏天他买下一切的那个晚上，是否知道自己会做什么，虽然那并不重要。昨天，他的行为是对我浪费了二十年的光阴的第一次打击，二十年来，我一直在浪费时间顾影自怜。谁会想到，这样一个普通、原始的行为，竟然会给我这样一个所谓的有教养的人一些启迪呢？

任何人，任何人都可以挣脱枷锁。那种勇气无论埋得多深，总是等待着被召唤出来。它需要的是正确的劝诱，正确的声音来劝诱它，然后它会像猛虎一样咆哮。

1931年9月22日，周二

这是这本日记的第一篇文章，尽管它是我父亲在我上一个生日（7月17日）给我的。当时他说，是时候了，孩子，你要开始每天记录你所看到和学到的东西，特别是因为你将在九月去马萨诸塞州。我没想太多。我以为一个人无论如何都会记住真正重要的事情，而忘了其他的。但我一直在想，也许他是对的。当某些事情发生的时候，你会认为它不重要，然而一年后它会像定时炸弹一样爆炸，显露出它的重要性。

所以写日记可能是件好事。

我决定从今天（这个特殊的日子）开始写作，因为明天我要去马萨诸塞州开始为期四年（如果我不被退学的话）的大学生活了。现在是开始行动的时候了。我不太清楚为什么，也就是说，我不能用语言表达出来，也许写在这里会对我有帮助，但去剑桥[1]对我来说很重要。不是因为名誉或声望，而是因为我父亲告诉我的关于剑桥的一切（他也去了），和我听到或读到的关于剑桥的一切，这里似乎是我可以开始一些我想开展的事情的地方。

我环顾南方，看到的只有贫穷、苦难、不平等和不幸。我非常爱南方，尽管这听起来像地狱一样伤感，每当我看清它的现状，并将它与我想象的能达到的好转进行比较，我就想哭。在这样艰难的时期，也就是华尔街崩盘和"大萧条"时期，南

---

1 美国马萨诸塞州的剑桥市，是哈佛大学和麻省理工学院所在地。

部的情况已经比全国其他地区更糟，现在的情况甚至更糟。但只有当这里的人们找到并尝试一些新的生活理念时，好转才可能实现。我们必须摆脱旧模式，必须停止对过去的崇拜，转向未来。（天哪，这听起来像是个糟糕的演讲！）我希望在剑桥发现一些想法，一些原则，四年后，我可以带回这里，帮助南方摆脱落后，进入20世纪。我甚至不知道我在找什么，我只希望我能在看到它时能认出它。

好吧，就这些。我得多带几件行李。

1931年10月23日，周五

今晚我遇到了一个很棒的家伙，一个黑人，班纳特·布拉德肖。这是我有生以来第一次和黑人进行智识上的交流，也是我第一次觉得自己在才智上不如黑人。我可能会讨厌这种感觉，但我确实学到了很多。

我去参加了一个社会主义者的集会，希望能听到一些重要的事情，我甚至在去之前就考虑加入！但当我到达时，我发现只是一帮人在互相展示他们对马克思主义的了解。

我刚到那里，找到一个座位，一个黑人就进来坐在我旁边。总有那么一天晚上，我会详细谈谈这个问题：种族隔离的缺席。一开始，我被他打搅了，并不是说我太在意他的存在，而是当你坐在某个地方时，你通常不会太注意坐在你旁边的人。如果你坐在有轨电车上，有人坐在你旁边，通常你会瞥他一眼，然后忽略他，除非他坐在你的燕尾服上。但是当一个黑人坐在我旁边的时候,我发现自己从阅读中或欣赏窗外的风景中分了心,或者是因为我不习惯在公共场合和一个黑人那么亲近。所以当这个黑人坐在我旁边的时候,我注意到他了,并且持续注意着他。他身材魁梧,看上去几乎像是中年人,穿着一套深色西装。

会议开始时,我尽量不盯着他看。(每当有黑人靠近我时,我都竭力控制自己,不至于把眼珠瞪出来)。但随着会议的继续,那些人不断地试图给大家留下深刻印象,我开始局促不安,想离开,我没有那种勇气。他一定注意到了,因为他俯身看着我,用一种似乎很英式的声音说(后来他告诉我他的家人来自西印度群岛):"这些家伙没什么好说的。你愿意和我一起喝杯茶吗?"

我转向他,他微笑着,眼睛闪着光。

我不知道我为什么要跟他走,为什么我要勇敢地面对伴随着我们离开而出现的轻微的沉默,我想这是以下原因所致:(1)他似乎完全感觉到了我对会议的无力感。(2)他是黑人,本应俯首听命,但却如此坦率、公然、友好地对我说话。(3)或者说是因为他是一个有英国口音(这个词可能不完全准确)的异国情调的人。无论如何我确实和他一起离开了。

我们穿过院子走进广场,不说话,肩并肩地走着。我注意到他拿出烟丝,放进烟斗里,点着了,用他胖乎乎的手挡住风。他走起路来好像在听音乐,双臂在两旁摆动。我们找到一家餐馆,他点了茶,我点了咖啡。

我们坐下时,他伸出手来。"班纳特·布拉德肖。"我拉着他的手告诉他我的名字,这是我说的第一句话。

他开始大笑。"哎呀！南方人。一个志同道合的南方人。"

一开始我有点尴尬，但后来，我很高兴他评论了当前这种奇怪的情况和环境，我开始笑起来。他问我来自南方的哪个地区，我如实相告。我们谈话时，他给我留下越来越深的印象，并且，他很快就得出了结论："你和杜威·威尔逊将军有亲戚关系，是吗？"

有一瞬间我想"坦白"，但后来我决定要考验他。"你为什么这么认为？"

"好吧，首先，你来自他的州，而且你的姓氏是威尔逊。"

"但是，战后许多和他没有关系的人都以他的姓氏命名。"

"是的，但是他们支付不起来这里的费用，不是吗？他们不会继承他的智慧，对吧？除此之外——"

"你赢了，你猜对了。他是我的曾祖父。"我笑着摇摇头。

"我还要补充一点，虽然我不能完全同意他为之奋斗的东西，但他战斗力和领导力令人钦佩。但是告诉我，大卫，我可以叫你大卫，对吗？"他没有等我回答，我会同意的。"你，还有其他人，为什么要参加这样的会议？"

我告诉他我对那可怜的、迷失的南方的感觉，我希望我能为南方做些什么，以及我已经调查过的一些事情。他似乎很高兴，等我说完，他开始解释自己的理由，同时接连不断地抽着烟斗。

"我的人民也需要一些新的、至关重要的东西。在我看来，他们的领导已经跟随了种植园时代黑人监工的脚步——每个人都是为自己盘算，钱才是最重要的。高中毕业后，我读了很多书。"（他似乎二十一岁，已经工作了四年，正在攒钱准备上大学。他现在在波士顿的一家洗染店工作。）"但我什么也找不到。我希望能在这里找到它。也许社会主义或共产主义理论中蕴含着答案，但肯定不是我们今晚看到的那种空洞的变了味的东西，而是一种崭新的、工会主义和其他东西。"

我们继续交谈，喝了七杯咖啡，继续交换意见。他建议我进行大量的阅读，我的口袋里塞满了给自己的小纸条。

他来自纽约的一个大家庭，是最年长的一员。

明天我要去工会和他共进午餐。

1931年10月26日，周一
和班纳特共进晚餐。我们一直散步到凌晨三点，天哪，他知道的太多了。我从他那里学到了很多，其中甚至有一些我不知道的关于南方的事情。

1931年10月28日，周三
班纳特今晚九点左右来过。我们聊到了深夜。

1931年10月31日，周六
我去参加了"麦粉布丁俱乐部"[1]的万圣节派对，他们邀请

---

1 麦粉布丁俱乐部（The Hasty Pudding Club），哈佛大学的一个本科生社团，成立于1795年，名称来自第一次活动时成员们食用的麦粉布丁。

了我。我遇到一个很漂亮的女孩，名叫伊莲·霍依。她来自弗吉尼亚州的罗诺克。她大概有五英尺高，一百二十五磅重，我觉得她很有魅力，也很好。她有一种奇妙的发散思维——可以说是漫无目的、悠游自在。我觉得是她的声音让我感觉美妙极了，就像"家"的感觉，像一只咳嗽的麻雀，音调不高，有点尖锐，又有点柔软，还带有贵族气息。她有一头浅棕色的长发，漂亮的眼睛。我忍不住要说，南方女孩是世界上最好的！

1931年11月2日，周一
班纳特和我一起吃午饭，我们谈了一下午。他说他想在毕业后加入全国有色人种事务协会，当工作人员，他说这话的次数与他谈论自己的次数一样多。他不认为这是为黑人所能做的一切，但他认为这是一个良好的开端。我会成为怎样一个人呢？会做些什么呢？我该如何以及在哪里让自己做力所能及的事？至少我知道一件事，我不想回家帮我父亲收租。

1931年11月3日，周二
我还在考虑我的职业规划。哈佛深红队很快就要举行橄榄球比赛了，我或许会买票。今晚我去拜访了班纳特一会儿。我们都要学习。

1931年11月14日，周六
我带伊莲去参加一个聚会。实际上是她带我去的。每个人都来自"家乡"，突然再一次听到南方人的说话方式真是太棒了。我遇到了很多好人，尤其是女孩子。

1931年11月16日，周一

有时我觉得我和班纳特并不是真正的朋友。也就是说，我们几乎从不谈论私人事务：衣服、女孩、各种话题（除了"未来规划"），或者任何朋友之间通常会谈论的事情。我们总是谈论政治、政府理论、共产主义与资本主义、种族问题。但是，这些才是我们真正感兴趣的东西，为什么不呢？

我之所以表示怀疑，是因为我们从来没有试过两对情侣一同约会，或者去同一个派对。我必须承认，即使我有自由主义的感情，我依然是一个俱乐部爱好者，更是一个南方人。我不得不来到寒冷而荒凉的新英格兰去寻找答案。我走过广场，发现自己总是在比较。我会说："这里的人似乎比家里的人更悲伤"，或者"房子没那么漂亮""人们不那么友好"，或者，最后我想说的是，"女孩们也没那么好"。我总是坦白我对事情的感受，最重要的是，这让班纳特和我在社交上保持距离。因为虽然我们认识这里属于自由团体的女孩，但我还没有找到一个我想带走的女孩。

之所以出现这种情况，是因为我问班纳特，是否愿意和我一起来一次四人约会，去看比赛。他震惊地看着我。"亲爱的，你疯了吗？"

"为什么？"

"为什么。想想你在这里约会过的女孩。为什么你好像从来没有离开过南方似的。你觉得他们会怎么看我？就像让猫洗澡一样。我当然不能参加你朋友的任何聚会。"

我继续为这个想法辩护，尽管我可以看出这是一个糟糕的想法。"好吧，不必我们两个人去，我们可以四个人去。那可能更好。不管怎样，人多总是比较热闹。"

他把手放在我肩上，苦笑了一下。"大卫，现在这样更好。我们不能把友谊推到不理想的地方。我们的友谊不必包罗万象，也不必包含生活的方方面面。在我们心中，我们相信同样的事情，我们正在尝试做的，就是为实现我们一起去参加聚会的那一天努力，你同意吗？现在别担心我。我在波士顿有派对要参加，有朋友要去见。如果我们把友谊推得太远、太快，我们就什么都得不到。"

我知道他是对的，但——见鬼！

1932年2月9日，周二

班纳特和我决定明年一起住。我们希望住进亚当斯大厦，那是古老的黄金海岸，专为百万富翁而建，艳丽又充满维多利亚时期的风情。

1932年3月10日，周四

今天（最后一分钟）我们将申请同住的表格按意愿的先后顺序交给了亚当斯、温斯洛普和洛厄尔豪斯公寓。我几乎克服了自己的认知，不去介意他是一个黑人，但我仍然没有告诉我的家人。当然，我已经告诉了他们所有关于他的事情（我又怎么能避免呢），甚至是他魁梧的外表，但我总是忽略不说他的肤色。我知道我必须告诉他们，因为他们迟早会发现，并且我不希望他们认为，我之所以隐瞒是因为我对他的肤色感到羞耻。但是，我不想写信告诉他们。也许春假回家的时候我会说。我希望他们不要小题大做，让我在他们和他之间做个选择，说实话（我知道没人会看到这篇日记），我需要我的父母，至少他们会送我上学。我不像班纳特那样勤奋，他每周在洗染店里工作三十小时，仍然学业优秀，可以跻身我们班的前五名。

1932 年 4 月 25 日，周一

我忘了把这本日记带回家，回来后又没时间写，但现在我要努力赶上。

在家里发生的最重要的事是我把班纳特的事告诉了父母。

我一直等到他们快要上床睡觉的时候，他们在房间里，卡利班一家这时候不会听见，也不会进来。（我这样做是为了防止我的父母对黑人表现得太激动，说些贬义的话，也许他们平时不会这么说。）

妈妈坐在床上，穿着睡衣，看上去很漂亮，很有女人味。温暖的光线照到她灰白的头发上，使发丝闪闪发光。父亲坐在椅子上，浏览着报纸。

我决定不支支吾吾。"班纳特·布拉德肖是个黑人，"我就这样说，"他就是我想要——"

"他是什么?"我很确定父亲会这么说,但他只是很平静地从报纸上抬起头,是母亲说话了,她的双手紧紧地放在身体两侧,身体僵硬,直挺着腰。我可以看到她的腿在被子底下激动地晃动。

"他是个黑人,妈妈。我要和他——"

"你真的要和他一起住三年?为什么……为什么……你一定是在开玩笑,大卫。"

"不,我没有,妈妈。"我很久没这么叫她了。"他是我在学校最好的朋友——"

"我不管他是什么!你不能和他住在一起。你甚至不能再和他说话,你听见了吗,大卫?"她的声音很好笑,她本该大喊大叫的,但她现在几乎是在小声说话。

我点了点头,只是想告诉她我听到了,然后转向父亲,他仍然在报纸上方偷看,他的脸像泥一样死气沉沉。我根本不知道他在想什么。

"大卫!"妈妈又在说话了,"你知道你在做什么吗?你真的知道吗?如果你这辈子再也不会被邀请参加任何受人尊敬的聚会,我也不会惊讶——和一个黑人同住,这是我听过最疯狂的事情。"

"你真是固执得不可理喻。"我本想保持冷静,但突然间这句话脱口而出。我看到母亲的脸变红了,嘴巴也张开了。然后她开始气急败坏。

"作为儿子,你不应该对你的母亲表现得如此不尊重,即使你心里在想那样的事情。"父亲终于开口了,把报纸叠在膝上,向前倾了倾。

但我肯定不能把那些话收回嗓子里了,尽管当时我的头脑还不太清楚——我的耳朵里充满了嗡嗡的声音;图片和文字像大炮一样砰砰作响——我一点也不确定我是否想把它们收回。我也对他发脾气了。

"你把我送到那样一个地方,还指望我继续做一个贵族式的南方白人男孩,这不公平!"我的句子甚至说得没那么清楚。"那里有些人甚至不相信上帝!你指望——"

"我什么都不指望。"母亲已经恢复过来了。她转向父亲,父亲回过头来。"德米特里厄斯!我告诉过你他在州里上大学会更好。我早就告诉过你。现在他太过分了。明年九月,大卫回威尔逊市上州立大学。"

父亲什么也没说,我看不太清楚他的脸,但是我看到他点头,好像同意了。这太过分了。耳边的嗡嗡声越来越大,我开始哭起来。我很久没哭过了,几乎忘了那是什么感觉,就像在呕吐。你开始抽泣,然后你开始看不见,你的胃里感觉像地狱。天哪,真糟糕。他们都看着我,我无法面对他们。"啊,该死!"我说了一声,转身去抓门把手,好几次都没抓住,最后,我终于把门打开,跑过走廊,把自己锁在浴室里。我感觉自己像个七岁小女孩!

我一边哭,一边擦着脸。我不想哭了,虽然眼泪还在流。我坐在浴缸边上,听见有人敲门,父亲的声音传来:"大卫,开门,孩子。"

我叫他走开,不是因为我生他的气,而是因为我不想让任何人看到我,特别是他。他是个冷酷的男人,我是说,我从来没见过有什么事情那样使他心烦意乱。但他不停地隔着门对我说话,最后我让他进来了。

他个子很小,至少比我矮半头,有一头铁灰色的头发和一双清澈的灰眼睛,我就在这里,低头看着他,啜泣着。我觉得自己很傻。他什么也没说,只是进来,他没看我,放下马桶盖,然后坐下来。

我坐在浴缸上,不停地用冷水擦脸,喝了一些水。然后我把我的眼泪和水龙头都关掉了。

我们沉默了几分钟,然后他看着我。"你说得对,孩子。我们不能指望你回来后还和以前一样。你会有所改变。在我的年代,这是不可能发生的,因为每个人都得为自己转变,找到他自己的空间。你越有钱,就会住得越好,你会和与你同水平、同类型的男孩住在一起。他们会是你的朋友。但现在有了新的系统,他们会把钱拿出来再分配,这样你们就有了交集。对吗?"

我点点头。

他微笑着,低头看着瓷砖。"老地方确实阻碍了你的脚步,没有轻易放过你,是吗?"

"是的,先生。"

"好吧,别担心。除非你被开除,不及格或者毕业,否则你是不会离开的。我会处理这件事。"他直视着我,我可以跑一千英里，却永远无法摆脱他的注视。"现在告诉我一件事。你为什么要和那个有色人种男孩同住？"

我思考着，但不知道该说什么，最后，我喃喃地说："因为我喜欢他，我从他身上学到了很多东西，但我想主要是因为我喜欢他。"

他向后一靠，把手伸进浴袍的口袋里。"这就是我想听你说的。如果你说了一些关于人人平等的傻话，或者你想为一个更美好的世界而努力，那么我会告诉你你犯了一个错误。你不与那些人交朋友是因为这样做是对的，你交朋友则是因为你喜欢他们，而且情不自禁地喜欢他们。"他顿了一下。"别担心。我会帮你和你妈妈摆平这件事。"他站起来，甚至在我感谢他之前，就走出了门。

原来就是这样。天哪，真是太好了！

在我离开之前，我向母亲道歉，她没有看我。

1932年5月1日，周日
伊莲·霍依和一个缅因州班戈的人订婚了。

1932年5月28日，周六
班纳特昨天参加了最后一刀考试，今天早上离开了。他周一必须开始在纽约工作。他充满决心，很长一段时间都不会休假。至于我，我一直在疯狂地汲取知识，几乎筋疲力尽。我会想念和他的谈话，但这个夏天我们会写信，当然明年也会一起住进亚当斯公寓。

1934年11月23日，周五

我下课回家时（大约中午），门缝下有两封班纳特的电报。我们本就约了一起在餐厅里吃午饭，于是我把信一起带上。

我坐在靠近窗户的一边，望着弯弓街对面灰色的老房子，端上一杯咖啡开始吃饭。这时他走进来，脱下大衣，放下书。我挥手吸引他的注意，他拿到食物后过来坐下。"这些信是给你的。"我把黄色的信封递给他。"我讨厌这些该死的信。它们总是带来一些令人不安的消息，如此的不近人情。"我笑了。

"我同意。"他微笑着，拿起刀，切开第一封信。

我看着他，希望信上是好消息，但从他的脸上看不出来。他把电报递给我：

母亲十点二十分去世

阿米莉亚

我不知道该说什么。他正在看另一封电报，但他知道我在看他，就喃喃地对我说："阿米莉亚是我妹妹。"然后他递给我另一封电报：

妈妈突然病了快回来

阿米莉亚

当我从第二封电报中抬起头来时,他正在看着我。

"天哪,班纳特,我真的不知道……"

"她还是个只有三十八岁的年轻女人,是因为辛苦的工作。"他低头看着自己的盘子。

我差点问他什么是辛苦的工作,但我紧接着意识到,如果他说完了那句话,那会是:是辛苦的工作杀死了她。我什么都没有说。我一直在专心地看着他,一时没意识到我几乎是悲伤地在寻找他的某种情感表现。我没有期望他在我面前大哭,不过,我想看看他到底会做什么。我发现自己在想:好吧,班纳特·布拉德肖。你可以应付任何事情;没有什么让你难过。好吧,让我们看看你如何处理这件事。让我们看看你是否可以对此感到自鸣得意。当我意识到自己的想法时,我感到羞愧。

但他没有任何崩溃的迹象,我很高兴。我只是想看看他到底是不是人类(我是说在这种情况下),并希望他能被证明是人类。尽管我在这里写过很多关于他的文章,但很明显我有点把他理想化了。

他看着我。我希望他看不懂我的想法。"我今天得去纽约。"他站了起来。"我要去,然后和他们取得联系。你有列车表吗?"

我摇摇头。

"没关系。我会给车站打电话。"然后他走了,大步走到餐厅的另一端,拿起他之前寄放的东西。

我在房间里又见到他几分钟,但他很匆忙,我没有机会和他说话。

1934年11月27日，周二

班纳特今天早上从纽约回来，带来了一个非常不幸的消息。他父亲不在人世了，他有三个妹妹和两个弟弟，都不满十八岁，他自己要照顾所有人。他可以把他们分给不同的亲戚，但他想让家人团聚，这意味着他必须马上离开学校，找到一份全职工作。他打算尽力完成这学期，但不确定自己能不能做到。我很想告诉他，我会给我父亲打电报，让他能够坚持到二月，但我想也许他会拒绝我的提议，甚至可能感到受到伤害和侮辱。天哪，只剩下半年多了，他只能如此。他应该得到他的学位，然后利用它做出一番事业。

1934年12月20日，周四

我现在在火车上写这封信，准备回家过圣诞假期。我和班纳特一起从剑桥出发，一路向南，坐在他从他叔叔，一个废品商那里借来的一辆卡车上，把他的东西，特别是他的书（他不能说服自己把书卖掉）带到纽约。他（班纳特）开车送我到宾州车站。

开车一路向南，我们试着不去想我们将很长一段时间都见不到对方的事实，而是谈论那些能让我们在精神和思想上（如果不是身体上）团结在一起的事情：我们对社会改善的共同愿望，我们对无知、贫穷、疾病和苦难的共同仇恨，以及我们希望对此做些什么。大部分时间都是班纳特在说话，他的声音洪亮而有说服力，就像他在对着一千人讲话一样，光是他的声音就足以让我着迷。当我们穿过一个个村庄或城镇，当道路危险地在树林中扭曲时，当积雪的道路笔直延伸时，他甚至用手比画。"毕业后，你就回南方找份写作的工作。我们需要你的文章；你是我们的'代理人'。你可以告诉我们正在发生些什么。你可以写一些关于这些情况的文章，我会让它们在纽约出版。我们会羞辱他们，劝说他们，炮轰他们去做更好的事情。每个人都会受益。想想如果我们努力工作，我们能完成什么！"

我们坐在那辆没有暖气的卡车里，嘎吱嘎吱地前行着，离城市越来越近，我们没有注意到身体的冰冷，或者说我们没有时间去想这些。

我们傍晚就到了城里，然后向宾州车站进发。

班纳特把卡车停在一条小街上，我从车上爬下来，绕到车厢后面，扯开一块硬挺的灰色防水布，把我的手提箱拿了下来。

"需要搬运工吗，先生？"班纳特笑着走到我旁边。一辆出租车从黑泥中嗖地飞驰而过，泥点溅上他的腿。"不，谢谢。我来拿。"我用右手举起箱子（我的书使它变重了。我希望这次能在家学习）。

他正视着我。"不，让我来。交朋友的目的就是做这种事。"

于是我把箱子递给他，我们越过一个肮脏的雪堆，朝着闪烁着粉绿两色灯光的大街走去，我们可以看到车站的高高的石柱。

"你认为你会完成吗？我是说学校的学业。"我没有转过头看着他。

"我觉得可以。阿米莉亚六月从高中毕业，她并不想继续她的学业，也许她没有能力这么做。她会找一份工作，养活其他人，直到我上完大学为止。"

我们停在角落里看了一会儿，灯光改变了颜色，出租车、涂鲜艳油漆的送货卡车和许多带着手提箱的人开始向车站前进。我们过了马路。

"你认为你能找到一份体面的工作吗？"这是我唯一能表达我担心的方式。我想多说几句，但不想过于难为情或多愁善感。尽管如此，在某种程度上，我还是想让班纳特知道我很抱歉他没有办法立即完成学业。我意识到这样的事情几乎是黑人生活中一个正常的、意料之中的部分，黑人被限制，几乎听天由命任梦想破灭，或者至少被耽搁；我想让他知道，我对耽搁感到遗憾，不仅仅是出于对被剥夺者的同情，而是因为我自己将会失去班纳特的陪伴。

"是的。我给协会写信，他们说可以为我找点事做。"在一个如堡垒般的信息台的监督下，我们走在通往大理石大厅的台阶上。

"你不会干那么久的。他们会很快给你一些重要的事情。"

"我当然希望如此。创造奇迹，四十年的时间已经算是短的了。"我们都嘲笑自己的理想主义。我现在意识到我们想拼命地笑。

行李搬运工大多没有穿制服或佩戴徽章,他们拿着行李或拉着手推车沿着阴暗的平台走。到处都站着穿牛仔服的机械师;穿着蓝色制服的售票员,袖子上镶着金星,他们检查时刻表,或者像派对女招待一样在火车门口等候。除此之外,还有其他人。一家人正向一个通过窗户凝视他们的老妇人痛哭告别。我和班纳特一直走到月台下,来到一个没有人的出入口。班纳特把我的手提箱递给我。"好了,写信,好吗?"他停顿了一下,接着又说:"我会等那些文章的。"

"除非我一直在家,否则它们不会来的,但如果剑桥发生什么有趣的事,我会告诉你。"我放下包,用脚把它推到门口的墙上。我站在两个车厢的连接处。

"好吧。"班纳特伸出手来。

但我只是看着它,没有伸手,我不想这么快就说再见,于是我抓起箱子说:"让我知道你对联邦援助这件事的看法。"

"好吧,我会的。我现在可以说我认为这行不通。首先……是的,嗯。"他再一次伸出手来,这一次我不得不握住它。"保重,班纳特。"

"当然……我会的。"我们握了握手。"再见,大卫。"

蒸汽开始从火车下面涌到我们脸上。沿着月台,一个售票员朝我们走来,砰的一声关上车门,拨动开关。

"再见,班纳特。"我们再次握手,当售票员来到我们车厢,并关上了门的下半部分时,他转过身离去。我转身进了车厢，然后又折回来，但是班纳特已经消失在一堆人后面了。我又看见他走了，又矮又壮，步伐坚决，他的胳膊摆动着，像是在他的身体两侧行进着。当火车开始缓缓驶出时，他就永远消失了。

1935年1月2日，周三
我大约在晚上九点三十分到达剑桥，有一封班纳特的信在等我。他周一开始在全国有色人种事务协会工作。他似乎很喜欢这份工作，并说这不仅仅是一份文书工作。我在家并没有学习（谁会在家学习？），所以我得赶紧赶上。

1935年1月8日，周二
我今天收到了班纳特的信。他说他每周都会尽力写作。我发现没有他，我几乎完全没有朋友。至少我会完成一些学业。

1935年6月20日，周四
嗯，我挺过去了。我今天毕业了。这周很忙，我没有机会写日记。我父母来了，似乎很享受这一切。班纳特没能毕业。他认为他可以的。我盼望见到他，圣诞节前就再也没见过他。每周的来信让我们的分离没有那么让人难过。也许我八月会去纽约。

明天我们回家。周一，我会在《新马赛晚报》当一名实习记者。我希望我会喜欢它，我想我会的。在这里的四年给予我极大的乐趣和刺激，我也学到了一些东西。

1935年8月26日，周一

上星期我没有按计划去纽约。我被指派去写一篇关于州长的长篇报道，于是不得不去威尔逊市。

今天，我给班纳特寄了一篇文章：《工会主义与南方黑人》。他会设法把它发表。正如他提议的那样，我使用了一个假名：沃伦·丹尼斯。我还有其他几个想法，但先让我们拭目以待吧。

1935年9月2日，周一

我收到班纳特的一封信。他"非常喜欢"这篇文章。他说："亲爱的朋友，这篇文章很有见地，有许多有见地的内容。"他给了我四十美元报酬。我很高兴有人想要它。我让他接受这笔钱作为对协会的捐赠。好吧，我现在就从其他几个想法开始。我想文章没什么特别的，但至少我在尽我所能提供帮助，这比帮我父亲收租要好得多。

1936年7月10日，周五

我认识——好吧，我并没有真正结识她；我还不知道她叫什么，但无论如何我也会找到那个今晚在北边的一个聚会上最漂亮、最好的女孩，她有着栗色的眼睛和棕色的头发，赏心悦目。她穿着一条蓝色的裙子，太适合她了，她不可能成为那群狂野人士中的一员。她看起来根本不属于这里，但她就在那里和其他人一起。我第一次注意到她时，她正在搅拌一杯饮料。

她一点也不像那里的其他人，既不吵吵嚷嚷也不放荡不羁。她几乎没张过嘴。我让她给我拿了几杯酒，她就坐在我旁边。等到聚会结束，她已经走了。我没看见她和哪个男孩一起来。我希望她还没有嫁人。无论如何，我会找到她。

1936年8月20日，周四
我查到了她的名字：卡蜜拉·德维莱特。但当霍华德告诉我的时候，已经太晚了，不适合打电话。我明天下班后再打。

1937年2月7日，周日
我今天结婚了，还有什么好说的？

1938年2月7日，周一
今天是我结婚一周年的纪念日：快乐、美好、甜蜜的一年。如果在一年多以前，有人，或者说任何人对我说，"威尔逊，你的生命中会有一年，除了幸福之外什么都没有。你不会紧张，不会抽那么多烟；会吃得好，晚上睡得香，睡得暖，在那一年里，你一次也不会感到孤独"。那么，我不会相信他，我会认为他是个不可救药的疯子。但是，奇迹发生了。都是真的。去年是我一生中最快乐的一年，而奇迹般值得称道的事情是，接下来的五十多年，也将同样快乐，同样宝贵，同样美好。

这不是一本故事书或者童话故事，从此以后，王子和公主过着幸福的生活。我们也有争执。她会清理我的桌子，然后我找不到想要的东西，我会打电话给她。当我在纸上写不出故事时，我会忍不住对她发脾气。她每二十八天就会腰痛一次，然后责怪我，好像我跟那有关系似的。但那都是些小事，与我们享受彼此陪伴的日子相比，那不算什么。我每天都更爱她，我每天都学到更多关于她的东西，从而变得更爱她，更重要的是，我喜欢她。如果她不是一个女孩，一个女人，如果她是一个男人，她肯定是我最好的朋友。

我们唯一缺少的是孩子，一个孩子，这是因为现在我们只是勉强维持生计。我应该很快会加薪，然后我们就可以"造一个小家伙"。

我们今天收到班纳特的卡片。他还附上一封信，说他卖掉了我写的那篇文章：《种族隔离对南方社会的腐蚀作用》。他说，那本杂志是一本左翼杂志，但如果他们是需要我文章的人，我想那没关系。

1938年3月5日，周六

卡蜜拉告诉我她的月经迟了两周。她之前没说，是因为她认为可能是我们上周日打网球所致。

事实上，她没有告诉我，我是从她那里逼问出来的。壁橱里有一个很高的架子，我们在那放了一些没用的东西，一些夏天的衣服。这些箱子很重，去年秋天我把它们放在那里时，也费了很大的劲。昨晚我进来的时候，她正站在椅子上把它们拖下来。我问她在做什么。

"我在找东西。"

我脱掉外套。"来,我来帮你。它们很重。"

她低头看着我。"没关系,我能应付,我可以的。你坐下休息吧。"

"你说你可以什么?我都几乎拿不住那些箱子。快点,从椅子上下来。"

她那双棕色的眼睛呆滞了下来。当她生气的时候,它们会变得又平又硬,像一小块树皮。"你不用帮我,我能应付。"

那一瞬间,我打算和她开个玩笑,但接着我决定让她自己来。我把它忘了(我昨天没提到)。但今天早上,我起晚了,听见厨房响起哗哗水声,就进去和她打招呼,她躺在地板上,双腿抬起约六英寸,紧张得满脸通红,全身发抖,自言自语:"来吧,来吧,来吧,来吧!"她放下双腿,等了几秒钟,又抬起双腿六英寸,然后抱着双腿,把它们分开,再把它们拉在一起,再分开,再拉在一起。

我站在她身后,所以她看不见我。水壶已经在沸腾,吹起口哨,我没有穿鞋子,她听不见我走进来,终于,我说:"嘿,卡蜜拉,奥运会要到1940年才来,那时候欧洲的情况会怎样都不一定。你在做什么?"

她吃惊地坐起来,看着我,有点害怕。

"你在干什么?"

然后她告诉我她的月经迟到了两周。"这很奇怪,因为如果手表从未被发明过,我也许从十三岁起就可以自行记录时间了。首先是腰痛,接着是头痛,然后是抽筋,最后才是月经,就像火车时刻表或月相。"

我告诉她不要担心,会来的。如果没有来那又怎样?也许我们这么长时间没有要孩子是不对的。当然,我们不是不想要孩子,我们想要很多的孩子,用他们填满一间屋子。但我们真的想等到银行账户里有了钱再说。无论如何,我很快就会加薪。所以不用担心。当然,我们不确定她是否怀孕了,但做父亲对我来说一点也不坏。如果我要做爸爸,我想我会打破威尔逊的传统,不会给孩子起一个以"D"开头的名字。如果是男孩,我想给他起名叫班纳特·布拉德肖·威尔逊。

1938 年 3 月 12 日,周六

现在还没有任何迹象,卡蜜拉也不再做那些愚蠢的练习了。看来我要当爸爸了。天哪!我怎么能这么冷静。我真的要当爸爸了!

1938 年 3 月 14 日,周一

今天,我走进办公室,期望得到加薪,没想到反而被解雇了。有人——我不知道是谁,看了这篇关于种族隔离带来腐蚀性影响的文章,发现是我写的,我不知道他是怎么发现的,我为此被炒了鱿鱼。好吧,见鬼!我很高兴它被公开了。现在我可以用自己的名字写作了。我没有理由为真相感到羞耻。从明天开始我要去看看其他报社有没有机会。我做得很好,大家都知道。我认为再找一份工作不会太难。

1938 年 3 月 21 日，周一

卡蜜拉去看医生了。医生说现在下判断还为时过早，但他很肯定她怀孕了。两三周后他会知道更多。

我去了这里七家报社中的三家。没希望。说起来，他们比《新马赛晚报》更保守。

1938 年 4 月 14 日，周四

卡蜜拉确定怀孕了。

1938 年 4 月 26 日，周二

新马赛的报社不会录用我的，我被拉进黑名单了。我到底该怎么办？

我收到班纳特的信。我告诉他我好像找不到工作了，他要我来纽约。但我现在不能带着卡蜜拉义无反顾地去。假设我在纽约什么也得不到，我们的情况会更糟。我得在这里找到工作。也许一切会慢慢平息，有人会给我一次机会。该死的！我是一个有能力的记者。

1938 年 5 月 5 日，周四

什么都没有！什么都没有！

我收到班纳特的信。"勇敢点，我的朋友。来纽约吧。你的文章在这里给人留下了深刻的印象。我保证,你一定会找到工作的。但如果你找不到工作,我还在工作,所以,你也在工作。"

我问过卡蜜拉。她毫不犹豫。"我可以把所有东西都打包……我想一下……四天。"但我怀疑这仅仅是她身为南方女性具有的坚忍和天真的想法。我不认为她真的想去,如果真的去的话,我想她比我更害怕。

虽然我很讨厌这个主意,但我们不得不搬回萨顿的斯威尔斯,回到我的家庭,回到收取租金的地方。

但我还没有被打败,也许这里会有新的进展。

1938年6月1日,周三

我和卡蜜拉又谈了一次。她仍然坚持要去纽约。"我爱你,大卫。我们走吧。我走,所以孩子也必须一起走。"她笑了。"我想去是因为你想去。如果你搬回萨顿,你会受不了的。所以,走吧,我们去纽约吧。我会跟着你到任何地方。"

我不相信她。她在努力做正确的事,但她其实不想去。我看得很清楚。

我给班纳特写了一封信,告诉他我肯定会搬回我的家。

1938年6月7日,周二

我收到了班纳特的回信:"既然你已经做了决定,我会尽我的一切努力,我会不择手段地让你重新做出选择,来到纽约。"

我恐怕这没用，班纳特。我对你的反驳不足以说服你，甚至很难说服我自己。我在看游行，我知道我应该骄傲地行进，但我被束缚在路边。我必须做我认为是我首要责任的事。我无能为力。昨天我收到了班纳特最后一封长信，他最后一次试图让我改变主意。结尾是这样写的：

你和我一起做了很多计划，就一些事情得出了一些了不起的结论——感谢你在这一切中所起的作用，我希望我们能够一起利用我们的成果，带领我们的人民找到我们认为对他们是正确的事情，但现在你不会和我继续在一起了。我们对未来的热情已经无法与彼此分享。我们友谊的一个重要试金石不见了！这一切都在说，从今天起，我看不出我们有任何理由继续互相沟通。这肯定是我的损失。

当然，我永远不会完全忘记你。你也许不是我未来的一部分，但你仍然是我过去的一部分。

再见，大卫，祝你好运。

班纳特

1938 年 8 月 15 日，周一
我们搬到了斯威尔斯。我的家人很理解。但我知道他们是在施恩于我。所有人！卡蜜拉也是。

1938年9月1日，周四
我为父亲收租金。

1954年10月20日，周三
我今天从一本国家杂志上剪下了这篇文章：

宗　教

"耶稣是黑人！"

手电筒的光照射着他六英寸的耶稣受难像怀表，人满为患的大厅里传来大喊："耶稣是黑人！"班纳特·布拉德肖，美国黑人耶稣基督复活教会的创立者，用一种不太地道的英国口音大声地向他的信徒进行宣讲：我们已经和白人宣战了！对白人的世界以及它所代表的一切，我们誓死推翻！

这个被称为"黑人耶稣会"的组织于1951年由在纽约出生、受过常春藤教育的红衣主教布拉德肖建立，据悉拥有两万名成员（人数一直在增长）。

那个男人……

早在布拉德肖珍贵、古早而又残缺的（他在大学的最后一年离开了学校）大学生活里，他就被一个红色骗子摆了一道。他在1935年加入了全国有色人种事务协会，1950年被清除出该组织。当时他被当着各个委员会面前驱逐。

所有的大门都对他关闭了，布拉德肖决定从种族关系的后门溜进去：宗教。他说："确实，我在被迫从协会辞职后不久就找到了我的使命所在，但我向你保证，一件事与另一件事无关。"

单身汉布拉德肖独自一人住在哈莱姆区大楼的顶层，那里也为他的教堂提供场地。他乘坐一辆配备司机的新型黑色豪华轿车，在这一地区徘徊，这辆豪华轿车是由一位虔诚的砌砖劳工、也是他的追随者捐赠的。（"我不能拒绝，那人存了三年的钱才捐赠给我。"）

……以及运动

像海军陆战队一样组织起来的黑人耶稣会，拥有一套混合了《我的奋斗》《资本论》和《圣经》的教义。这个团体是反犹的。（"犹太人为白人做了大部分的剥削工作，看看那些在哈莱姆区出租房屋的人。"）黑人耶稣会只相信《圣经》中支持黑人至上的部分，相信耶稣是个黑人。（"其余的部分则被添加或修饰以保持黑皮肤的人在适当的位置；罗马人也有他们的种族问题。"）但即使是这条路线，也不是固定的。布拉德肖所宣扬的，就是黑人耶稣会信徒所相信的。尽管他说的话并不总是一致，布拉德肖声称它们直接来自上帝的启示，以此修订《启示录》。

随着人们越来越担心黑人耶稣会会对纽约种族关系产生负面影响，布拉德肖因此用他最具《圣经》风格的言语回击："我们现在让他们害怕了。他们知道，如果他们不把我们的权利给我们，我们就会夺回我们的权利。"

班纳特啊，班纳特，现在我们都迷失了。

1956 年 6 月 23 日，周六
约翰·卡利班为我们家工作了五十多年，今天，他在去往新马赛的公共汽车上去世了。

1956 年 8 月 18 日，周六，上午七点三十分（过去七小时）
我刚和塔克骑马回来，还没睡着。我们出去看了看我在城北的一些房产。几年前，甚至在我还没成年的时候，威尔逊一家就在那里有了种植园。我把西南角那块七英亩的土地卖给塔克了。

这是一个奇怪的夜晚。我一点也不明白为什么，但我有一种感觉，有些特别的事情发生了，不过我认为这只不过是自己过度的戏剧化，对其他人来说不是特别重要（我真希望是这样）。好吧，我最好把它记下来：

我独自一人在书房看书。今晚真的很热、很安静——实际上是昨晚——我刚站起来把窗户开得更大，这时有人敲门——一声安静的敲门声，几乎是怯懦的敲门声，好像外面的人不敢挥拳，不想有丝毫的攻击性，反而用一只张开的手的手背在敲，发出一种剐蹭的声音。我叫道："是的，是谁？"

"塔克，威尔逊先生。"是他那尖尖的鼻音！

我回到桌子旁。"怎么了，塔克？"

"先生，我想见你一下。"

"进来。"

门打开了，我看见他，又小又黑，穿着司机的西装、白衬衫、黑领带。他看上去像个假扮殡仪员的小孩。他双手拿着黑色的帽子。台灯反射在他的眼镜上，使他的眼镜看起来像一个巨大的、扁平的、金色的圆圈。

我已经从口袋里掏出钱包，想当然地以为他想要现金来买汽油、润滑油或他认为需要的任何东西——我通常不会浪费时间问他是什么，他只是告诉我他想要多少。"是的，塔克，什么事？"我掏出钱包，撬开钱夹，准备用大拇指开始数。

"我想要你七英亩的土地。"他几乎是粗鲁无礼，但那是他的行事方式。他只向屋里走了几步，就把身后的门关上了，站在那里，闪闪发光的圆圈使他的眼睛和眼神都隐藏起来。"种植园的七英亩地。"

我惊讶地抬起头来。"这是为了什么？"我把口袋里的钱包放到椅子上，把身子靠在椅子上，盯着嵌在他脸上的两个小太阳，想刺穿它们，直视他的眼睛。

塔克一动也不动，他看起来像一个八分之七真人大小的黑色小雕像。"我想种地。"当时我就知道,这只是一个答案,但似乎并不重要。公然让他撒谎似乎不对,但我确实想知道他在干什么。

我决定嘲笑他,也许他会说出真相来。"种地?你这辈子从来没有种过地。你对此一无所知。"

他只点了一下头,承认了我所说的事实。"我正打算试试。"他没有动过,几乎像个死人一样,是那么的平静和挺拔。

我的嘲笑没有起作用,所以我决定多表现一点家长式的作风。"坐下,塔克。"

他毫不犹豫地朝桌子走去,坐在桌子旁边的椅子上,背仍然笔直。

"你从哪弄来的钱?"我双手交叉,下巴靠在手肘上休息。

"我存的。我爷爷留了一些。"他被这个问题惹恼了,不希望遭遇父亲式的教育。"你能把土地卖给我吗?"

"我不知道。"也许我当时就可以回答是或不是,但突然间我有了一种感觉,我在演一出戏,我有一些台词要说,他也有,我们必须说出这些台词,这样戏才能按预定的顺序进行下去。"这是德威特·威尔逊重要的土地。从来没有人买过他一英寸的土地。我也不确定你是否是第一个合适的人选。"

他点点头,站了起来,这也是一种表演。"好吧,先生。"

我现在的"目标"是阻止他。"等等,塔克。也许是我太草率了。你有什么计划?"我又一次靠在椅子上,仍然看着他。我现在能看见他的眼睛了,但它们和钢圈一样没有情感。

"计划?我不明白,先生。"

"计划。你到底打算用这块地干什么?你为什么要我们的土地?你为什么不能买别人的土地?"

"我只想种地,就这样。"

"种什么地?"

"只是种地而已。玉米、棉花,就是耕种。"

"但是为什么来找我?"我向前倾,把手攥成拳头。这很奇怪。我发现我在这部模拟剧中入戏很深,我发现自己很在乎。"你一定知道我们从来没有把那块地卖给过任何人。为什么现在我们要卖土地?"他只是盯着我看。"为什么一定要在种植园里?我们在城南有土地。不管怎样,那个地方更好。"

他的嘴唇几乎没有动。"我不想要那块地。现在你能卖给我一些种植园的土地吗?"他的语气几乎是恼怒、愤怒的。

也许我毕竟是个南方人,他那近乎暴躁的态度惹我生气了,我就冲他发脾气。"你不应该那样说,塔克。这会给你自己惹麻烦。"

他又冲我回击,这让我为自己感到羞愧。"我们现在不是白人和黑人了,威尔逊先生。我们不是在讨论那些。"

我现在感觉很累,于是放弃了所有的防御。"但你不明白吗,塔克,如果我要把我们的土地卖给你,必须有一个具体的原因。你知道我不能把它赠予你。我想即便是赠予,你也不会接受。你想付钱买它。"我转向钱的问题,补充说,"我必须知道你能支付这笔钱。"

"我不会不付钱的。现在我的钱够了。"

"你怎么知道?我还没告诉你价钱。"

"我有足够的钱买二十英亩地,而且,你知道无论我出多少,都已经足够。"我们相互对视了好久。

"我知道,但是请说出来让我听见,塔克。让我听见,这很重要。"我发现自己几乎在恳求他。

他点点头。"我想要种植园里的土地,因为那是第一个卡利班工作过的地方,现在是我们自己拥有它的时候了。"

"还有什么?"我身体正向前倾斜,焦躁不安。

但他让我失望了。"我不知道。当我到那里我会知道的。现在我只能说我家的新生儿不再为你们工作了。他将成为自己的老板。我们为你们工作的时间够长了,威尔逊先生。你曾试图释放我们一次,但我们没有离开,现在我们必须释放自己。"

我站起身来,低头看了看我的文件。"塔克,你想付多少钱?"

于是我们谈了成本问题。塔克告诉我他有多少钱,正如他所说,这至少够买二十英亩地了。我给他看了一张该地区的地图,指出了那七英亩土地的位置。

塔克点点头。"这就是我想要的。"

"为什么?"我们现在比此前更亲密了。我们达成了一种非常奇怪的协议,我不太明白,但我意识到我正在做一些我一直想做的事情,几乎就像我二十年前想看到的那样。塔克,他意识到自己的生活出了问题,并试图纠正它。我们每个人都有各自想做的事情，我们互相帮助。

"那里有什么特别的东西，"他回答，"我爷爷告诉我的东西就在那。"他没有继续说下去。

"好吧，现在是你的了。明天我会起草一份契约。"

他继续给我惊喜。"你起草出来留着。我不需要。那是我的了，再说了，你也不想骗我。"他的声音里有笑意，但脸上没有。

那是一个美好的时刻，我很少经历过那种互相交流的时刻，我想延长它。于是我问他是否想出去看看房子。"现在，我是说。我会开车送你到那里。"

他没有回答，只是站起来朝门口走去。我跟着他，然后想起了我第一次回到这里生活时父亲给我的东西。当时，他走到书桌旁，拿出来递给我。"这不是你的，"他说，"它属于卡利班一家。但他们还没准备好接受它，当你认为他们应该拥有的时候就给他们。"他没有告诉我这是什么，但我一看到它的时候就知道了，因为我和其他人一样知道那个古老的故事；每个人都知道它，并乐在其中，但我怀疑是否有人认为它不仅仅是一个故事。当父亲把它给我的时候，我就没有那么确定了。于是我回到书桌前，拉开抽屉，在一堆纸下找到了有点灰尘的它，我走到塔克跟前，掏出手帕，在灯光下将它拂拭干净。然后我把它交给塔克。

他从我手中拿过它，我仔细地看着他的眼睛，发现它们有点模糊，这是我见过他最接近流泪的一次，事实上，这也是我最接近他任何其他情感的一次。他把白色石头放进口袋里，突然转过身，走出了门。

在去那里的路上，塔克坐在前排，我的旁边，我意识到这是近二十年来，自从我大四的圣诞假期开始后，我单独和一个黑人在身体上最接近的一次。那时候，班纳特一边开车一边说话，我坐在他旁边，担心他不会看眼前的路，甚至透过他突然无缘无故戴上的墨镜，他连一头大象闯进来都不能及时看见。最后我们还是撞车了，计划好的一切甚至还没有机会开始就已经结束，我们在卡车的驾驶室里像湿漉漉的小猫一样瑟瑟发抖。对，这是我最接近黑人的时候，从方方面面来说都是。

如果我没有从那次旅行中幸存下来也许会更好。事实证明，我从来没有完成过任何事情。当然，我并不是希望就在此时此刻死去。那有点太夸张了。我的意思是我让很多我爱的人很不开心，因为我没有勇气去执行我的计划。因为我是个懦夫，我让他们都成了懦夫，让他们比懦夫更坏，因为我让他们在等待懦夫采取行动。

尤其是卡蜜拉，耐心、忠诚、坚持等待的卡蜜拉。她比我表现得好得多，她告诉我只要我高兴她就去纽约。我现在看出来她是认真的了。但我不相信她。她对我抱有我所需要的信心，但因为我不接受这种信心，所以她也对她的信心失去了信心，我贬低了它。当我意识到她也是一个有思想能力的人，而不仅仅是一个奴隶、宠物或南方女人的时候，已经为时太晚。我背叛了我们俩。

这是我今晚问塔克的事情之一。我转过身来，看见他坐在那里，远远地盯着路的另一边，像我一样全神贯注地思考着事情。我问他，贝特拉对这一切，对他买地有什么看法。

"她很担心，威尔逊先生。我想她认为我疯了。"他比我当初面临的情况更艰难。贝特拉比卡蜜拉独立得多。

"你一点也不介意吗？你不想停下来吗？"

"不，先生。这是我必须做的事。"

"她不想让你再考虑一下吗？买一个农场是一件大事，尤其是你从来没有耕种过。她想让你这么做吗？"

"不，先生。"

"你怎么能这样呢？你不认为她在这件事上有发言权吗？我是说，你知道她是个很聪明的女孩。她可能是对的。"

"不管她说的对不对。即使我错了也没关系。我必须这么做，即使一切都错了。如果我不这么做，这些事情就不会停止。我们还会永远为你们工作。这必须停止了。"

"是的，确实是，难道不是吗？"

"是的，先生。"

我们继续开车。在我们的右边，东边山脊上的天空开始变得灰蒙蒙，黑色被掀开，乡间呈现出彩色玻璃窗的蓝色，看起来有光但却没有发出光。我们差不多到农场了。我又转向他："有什么能让你放弃吗？"

他毫不犹豫："没有，先生。"

"如果拥有那个农场对你来说意义重大，我想没有什么能让你放弃。"

他看着我:"你只有一次机会,就是当你认为自己可以,也愿意的时候。如果少了其中一样,尝试也没用。如果你能做到,但不愿意,那为什么要这样做?当你觉得愿意但没有机会的时候,你只是把头撞在时速一百英里的车上。如果两样都没有的话,光是设想没有用。如果你两者都错过了,那么你最好忘掉它。你的机会已经一去不复返了。"

我点点头,这些我都知道。

门廊上的人

The Men on the Porch

他们没有回家。

此时是周六晚上九点,他们坐在门廊上,看着最后一车黑人经过托马森先生的杂货店,然后穿过萨顿往北走。整个下午,车辆组成的队伍川流不息,犹如长长的送葬队伍。现在,车流越来越稀薄,不再成群结队地出现在山脊上,而是像一个个孤独的度假家庭。但汽车仍然比平时要多。每个坐在门廊上的人都想知道,随着满载儿童、老人、成年人、婴儿、床垫、毯子和手提箱的车辆越来越少,是否意味着新马赛没有了黑人。

他们知道,萨顿肯定没有黑人了,因为那天下午以后的两天,只有一小部分人在托马森先生的杂货店门廊里排队等待公交车。坐在门廊上的人朝广场望去,再也看不到任何汽车从黑人居住的城市北边开来。哈珀先生六点钟离开后,有些人回家吃晚饭,但是大多数人都从托马森先生的杂货店里买了些东西,然后继续坐着,大嚼饼干、花生、苹果或糖果。他们把包装纸揉成团扔到街上,有些人站起来,走到黑人区四处看。

他们什么也没有发现,没有哪间房子是亮着的;黑人甚至觉得没有必要像通常那样在窗户边上点灯以防窃贼,因为他们已经带走了真正珍视的东西，把剩下的东西留给了窃贼，让他们可以轻易把门推开。有些人甚至把钥匙留在锁里，这是对任何想永远住这所房子的人的邀请。门廊里的人不会让自己进入这些房子，他们保留了对南方的房子和财产的尊重，这也是周四他们没有踏上塔克·卡利班的土地的原因，但他们确实在黑暗中窥探大门内的情况，发现里面有很多东西：椅子、桌子、沙发、地毯、扫帚、床，还有垃圾。大多数的墙壁上都是空荡荡的，严厉的祖父母、军人的儿子或是已婚的女儿和十字架的照片已经被带走，没有这些东西，人们就无法开始一个新家。如果这些人进去看看床底下，他们就会发现那里有一片无尘的长方形印迹，就在几天前，手提箱放在那里。这里已然没有黑人了。

于是他们回到门廊上。他们没有谈论看见的一切，因为每个人都亲眼看见了。他们静静地坐着，思考着，试图弄清楚这一切与他们每个人的关系，明天、下周或下个月将如何不同于昨天、上周、上个月，或许他们往后的一生都将变得不同。没有人能想清楚。这就像是要画一张什么都没有的图画，从来没有人考虑过。他们甚至没有一个参照点来确定一个没有黑人的世界是什么概念。

斯图尔特驾着他的马车来了，旁边放着一个和他一样矮胖的水壶。他们把水壶传来传去，每个人都用袖子擦拭着水壶嘴，一个古老的、无用的清洁仪式。

就在那时，他们开始愤怒起来，像一个被抛在教堂的新娘，疯狂地想要报仇，却没有人可以帮助他们，他们最恼火于自己的挫败感。他们掩饰自己的损失，坚称这根本不算是损失，就像州长那天早上所做的那样。

斯图尔特又喝了一大口。"当然！我们到底需要他们做什么？看看密西西比州或亚拉巴马州发生的事情。我们不必再担心这个了。就像他们说的，我们有了一个新的开始。现在我们可以像以前一样生活了，不用担心黑人来敲门，不用担心他们想坐在我们的餐桌旁。"他坐在门廊的台阶上，旁边是鲍比-乔，自从哈珀先生离开后，他一直很安静。

"听着，黑人曾经承担了大量的工作、耕种了大量的土地，或者说，是所有的工作、所有的土地。现在，只要我们安排好，我们会做得很好。"斯图尔特现在正在流汗，一如既往，不管是否在喝酒，或是因为炎热或寒冷的天气，他都会出汗，他从口袋里掏出手帕。

"但是，工作和土地可能太多了。"卢米斯把帽子向前顶在额头上，把椅子向后靠在建筑物的墙上。"我们可能没有足够的人来做这一切。这是我在州北部学经济学的时候学到的。那意味着我们将没有足够的食物。这里将充满能够利用的土地。永远都有足够的土地供应给每个人，至少能让你面朝黄土背朝天地干上一阵。这里不是日本，你不会看到有人吊着绳子在山脊边上栽种。"

"我们还是会好起来的。"斯图尔特转过身，眯着眼睛从门廊的阴影中辨认出卢米斯。"拿托马森先生举个例子，他现在经营着萨顿唯一的杂货店。以前,这里有两家杂货店,前面那个黑鬼经营着一家。现在,托马森先生揽下了所有的生意。"

卢米斯摇了摇头。"是的,但是顾客少了一半。"

他阻止不了斯图尔特。"再看看殡仪馆的加曼,他是现在唯一的殡仪员。我们总有一天会被埋葬的。我听说萨顿的一些白人甚至使用了黑鬼的殡仪馆。"

"我只是不确定这一切是否都是好事。从来没有白人在杂货店里扫地,只有有色人种。你现在想要一份扫地的工作吗,斯图尔特?这是你唯一真正适合的工作。"

有些人笑了。

鲍比-乔吧嗒一声叩了一下手指,空气中传来他的声音,"就是这样!"

他们都转向鲍比-乔。他虽然喝了几杯酒,但一直没说话。他坐在那里,双脚搁在公路边上,一只胳膊肘搭在赤裸的膝盖上,露出他工作服上的一个洞。"我告诉你们,还有更多的事要做。"

"看那,卢米斯。鲍比-乔已经在自言自语了,他就喝了几口而已。"托马森正坐在他从店里搬出来的椅子上。"孩子,如果你酒量不如他,那就不应该喝酒。"

"闭嘴!"鲍比-乔凶狠狠地回击,"你要么就是喝醉了,要么就是太蠢了,看不清这里到底发生了什么。"他停顿了一下。"你认为他在这里能做什么?难道不是为这些麻烦负责?就是这样!我知道还有更多的事情要做。"

他们盯着他,眨着眼睛,眯着眼睛,试图将那人看得清楚些,好像看得更清楚些能帮助他们更好地理解他在说什么。"是谁?在干什么?"托马森俯下身来,朝着男孩。斯图尔特紧张地擦了擦脸,当他觉得自己太笨了,无法理解一些本应容易理解的东西时,他就这样做。

鲍比-乔扭动了一下身子。"那个黑人传教士之前坐车过来,我们就坐在这里看着他,好像他是总统一样。我们早该知道。我们可以做点什么。"他现在更激动了,跳起来,转过身来教训他们。"我们本可以做些什么。我们就像把一个裸体女孩搂在怀里,但除了脸红,什么也没做成。"

"现在,等一下,鲍比-乔。"托马森转头看了一眼斯图尔特说,"不说他了,"然后又回到男孩身边,"我们听你说,孩子,但你得把自己表达清楚。现在,你为什么不安静下来,重新开始呢?"

但鲍比-乔继续说。"该死!如果我们不是一群愚蠢的混蛋!当我们盯着那辆车,那个司机,还有他扔来扔去的那些钱的时候,我们本可以做点什么。我们可以做点什么,就是昨天,而不是坐在那里看,然后我们就不会因为他们都走而怒吼了。我们本可以做点什么!"

托马森立刻明白了。"你说的是黑人耶稣会的那个黑鬼,是吗?"这不是一个问题,而是一种认识,好像这个想法在没有鲍比-乔帮助的情况下突然出现在他的脑海中:关于周五,关于那个坐在豪华轿车里的黑人。

"是的。这就是我要说的。那个北方的黑人传教士来到这里,所有的麻烦就出现了。该死的!我们放任他在这里,什么也没做,只是站在旁边看着他炫耀他的钱。"

"等等,孩子。那个人是在塔克·卡利班做了所有的事之后才出现在这里的。他问利兰先生他知道什么。他对此一无所知。"

"你相信吗?你真的相信吗?你真的认为塔克·卡利班足够聪明,能一手造成此刻的一切吗?"他说话的口气好像他相信托马森犯了罪。"好吧,我一分钟都不相信。我知道那个北方黑鬼一直在干什么,"鲍比-乔现在挥舞着手臂,在他们面前大步走动,好像他们是陪审团,而他是律师,"那个'非洲人'和他的血流淌在塔克·卡利班身上。这是我听过最扯的话!"

斯图尔特腰间抽搐了一下,用手指指着男孩。"哦,你肯定一直都知道。"他笑了。"这就是你昨天说那么多的原因!孩子,别骗我,你比我们更不了解这件事。所以不要对我撒谎,因为我很容易把这件事归结为私人恩怨。"

鲍比-乔后退了一步。"好吧,好吧,我昨天不知道,但你们都听到我说的了,我不相信哈珀先生说的血统的事。我不相信那些废话,那就是废话!一百五十年以前发生的事情,怎么会和这周发生的事情有关呢?那不是废话吗?先生,是那个北方黑鬼,那个什么,怎样称呼造成骚动的人?"

"鼓动者。"尽管鲍比-乔几乎没有停下来,卢米斯还是坚持回答。

"是的,卢米斯先生,鼓动者。他坐着那辆黑色的大轿车来到这里,让所有的黑鬼都搬走,到别的地方去,而不是待在他们应该待的地方。"

"但他对此一无所知,鲍比-乔。"托马森不知道他为什么一直抵制这个似乎很容易接受的想法。也许是他开店的心态,他必须统计数字和数据,避免让自己相信他可能相信的东西。"或者说他为什么要来这里?没有一个男人会在强奸了你的妻子或是打了你的女儿之后会蠢到来找你。他会让你一个人待着,或者跑,或者躲起来,但他不会来敲你的门。"

鲍比-乔把一只脚放在门廊上,向前倾了倾。"我一直认为你很聪明,托马森先生。你足够聪明,愚弄人们相信你的价格是公平的,但你也不够聪明,看不出那个黑人的到来是异乎寻常的,看不出来他是如何实现他的计划的。这就是他来的原因。"

"现在说吧,也许这孩子知道些什么。"斯图尔特转过头来看着托马森,点点头。

托马森正在对他们所有人说话,试图给谈话带来一些理性。他几乎可以在空气中感觉到,其他人在倾听,他们相信鲍比-乔。"但是我们今天没见到他,孩子。昨天之后他根本没坐车经过这里,他也没在有色人种聚集区闲逛帮他们收拾行李。也没有他的同伙一起确认所有黑人都走了。"他正在失去大家的倾听,就像手指间的谷粒,他希望哈珀先生能在这里让人们保持理智,或者有哈利在让他们冷静下来。

"他不必亲自见证，"鲍比-乔接着说。"他为什么要见证？北方的黑鬼根本不在乎这里的黑鬼。他们只想给我们白人带来麻烦，让我们所有人，白人和黑人，都不快乐。当他让黑人离开时，他的工作已经完成了。他现在所要做的就是坐在那辆车的后座笑个不停，他所要做的就是看热闹。他怎么会关心他们如何逃走？毕竟黑人都是在没有任何人帮助的情况下离开的。"

托马森叹了口气。"好吧，那好吧。那又怎么样？是他造成的又如何。我们现在什么都做不了。"

这使他们都沉默了一会儿。鲍比-乔又坐下来点了一支烟。其余的人凝视着屋顶上方几颗明亮的星星。有人要一根火柴，别人递给他。

"一切都结束了。"托马森继续说，"没有理由为此烦恼。如果他做到了，我认为他做得很好。没什么好说的了。"付出多少就得到多少，托马森在想。

男人们点点头，低声表示同意。

"如果我能抓住他，我肯定会有办法的。"鲍比-乔用拳头猛击自己的手，"我会把他脸上的笑容打掉。"

如果他们坐在公路的对面，他们可能会看到那辆豪华轿车从山脊驶来。当它爬上哈蒙河谷时，车灯向上倾斜，照亮了地平线的一个小边缘，就像一轮小而冷冽的初升的月亮。紧接着，它到达了顶峰，然后向下倾斜，像一把微妙平衡的秤，使长河前面的道路沐浴在光线中。灯光清晰可见，汽车隐藏在光线背后的黑暗中，如果他们一直看的话，就会看见灯光正在朝城镇俯冲而来,直到他们只能看见两束光线中的一束,一个由灯和网格状护栏组成的光球。接着,随着它越来越近,他们不仅仅只能看到一个光球,而是两个不同的车灯,最后,他们还能看见车上右边的一张浅肤色的黑人的脸。就在这时,他们才真正注意到前面街道的灯光,照亮了对面的建筑物,他们转身寻找光束的源头,看见汽车疾驰而过,照亮了他们企图在里面找到黑人的建筑物。但是,轿车前面只有浅肤色的黑人,后面有两个人影,比较近的一个人影有一头黑发,黑眼圈,戴着太阳镜,像坐在沙滩椅上一样斜倚着。然后鲍比-乔跳起来,早早地冲进了高速公路中间,灰尘、废气和阴影遮住了他,门廊上的人可以听到他在尘土的面纱里尖叫:"嘿,你这个该死的说教黑人,婊子养的,停车!听到了吗,黑鬼?停车!我有话对你说!停车!"

当他们经过托马森的杂货店时,杜威没有看见那男孩,他与杜威年龄相仿,头发蓬松地垂在耳朵周围,冲进他们身后的街道,挥舞着拳头。但是司机看到了,他听到男孩在他们后面喊叫,然后踩刹车,汽车在将军的注视下打滑,尖叫着停了下来。布拉德肖弯腰对着麦克风。"怎么了,克莱门特?"

"后面有人冲我们大喊大叫。我没看见任何人,牧师。我想我什么也没撞上。"他还没说完,门廊里的人就沿街向他们扑来,包围了汽车,拉开把手,打开了车门,一张年轻的脸出现在眼前,杜威认出来那人,但记不清名字,那人正从离布拉德肖最近的那扇开着的后门朝他们窥视着。即使在座位对面,杜威也能闻到陈酒的臭味。

"好吧,看,我们抓到他了。是他。快看,斯图尔特先生。"

另一张脸和男孩的脸靠在一起,那是一张年长的、红红的、松弛的脸,下垂的下巴几乎遮住了一张厚嘴唇的嘴。"好吧,该死!是他吗,鲍比-乔?就是那个惹祸的黑鬼吗?"他笑着说。

男孩点点头。"确实是。我说什么,你记得吗?我想亲手抓住这个家伙,一定有天使听到了,才让他出现在这里。"

杜威俯身越过布拉德肖,直对着男孩的脸。"等一下。你这人怎么回事?"

那男孩朝他咧嘴笑了笑,他的牙齿参差不齐,前面的几颗牙都断了。"这不就是威尔逊家众多喜欢黑人的成员之一吗,就是你们为塔克·卡利班提供工作,让他足够富有,能够开始制造这些麻烦。你有帮你的黑鬼朋友计划吗,威尔逊先生?"

"计划什么?"杜威能感觉到他的身体开始颤抖,他试图使声音稳定下来。

"计划什么?"男孩用胳膊肘轻推身边的胖子。"计划什么,斯图尔特先生?他在说什么?你猜他是在说所有的黑鬼都跑了的事?是的,我想这就是他所说的。"

胖子咧嘴笑了。"这一定是他的意思,鲍比-乔。"

在这两个人后面,杜威看见另外两三个人,然后是四五个人从阴影中出现,静静地站着,听着,在头灯的余辉下,他们的表情一样地不友好。

杜威试图保持冷静,希望自己的冷静能让他们平静下来,就像他接近一只被逼得走投无路的动物时一样。"这些不是计划。"

"你怎么知道?你和别人说过吗?你和你的这位黑人朋友说过吗,威尔逊先生?"

"这个人和这件事没关系。一切完全是自发的。"

"哦,自发的,是吗?"男孩转向胖子。"你听到了吗,斯图尔特先生。他们派他去北方学一些大话,我想他回来时带了一大卡车。'自发'什么时候是'计划好'的意思了?"

"不,没有计划。这意味着一切都是自己发生的。"杜威伸手想把门拉上。那男孩用拳头把他的手从车门把手上打掉。

"你最好小心点,威尔逊先生,除非你想要和这个黑鬼同流合污。"

"拜托,别傻了。他和这件事一点关系都没有。"

"他告诉你的?"男孩靠近车里,酒的味道变得更加强烈,令人犯晕。

"当然。他甚至不认识塔克·卡利班。他告诉我他和这件事没有任何关系。"他看着男孩的眼睛。在他离开的八个月里,他几乎忘记了他在这里所看到的这种凝视,这种凝视就是在这样的时刻才会出现的,因为这不是新英格兰人用来或曾经用来表达思想或心灵转变的那种眼神。这是一种更加冷酷、更加刻薄的凝视,甚至比佛蒙特州农民看向问路的陌生人的眼神更冷酷、更刻薄，也更残忍，因为它完全是空白的。这种空白是放弃其他选择——温柔或残忍、快乐或痛苦、理解或无知、信任或不信任、同情或不容忍的标志，关于理性或坚定不移的狂热；这是一种凝视，它标志着控制着人之所以为人的闸门被关闭；它说：现在我们必须战斗，我们已经没有时间和必要说话了；暴力已经伴随我们，成为我们的一部分。

"这和他没有任何关系。"杜威轻轻地说，这是他最后一次尝试。"布拉德肖牧师，告诉他们。"他抓住黑人的胳膊，看着他的脸，发现不是恐惧让他保持沉默，而是幻想破灭。他现在根本没有考虑眼前的危险，只想到那些黑人以及他的事业。杜威意识到，布拉德肖牧师甚至希望他能说自己是煽动者，说自己策划了一切，说是他让塔克买下农场并摧毁它，并告诉黑人塔克是他们的榜样，劝他们效仿。但他不能。现在不是幻想破灭和自怜的时候。"该死的，告诉他们！"

那个胖子也靠在车上。"他为什么不说点什么呢？"

男孩笑了。"可能他太诚实了，不会说谎。"他抓住布拉德肖衬衫的领子。"说实话，黑鬼！你和这事有关系吗？"他把他从座位上拎起来。

"不！很抱歉，我和这件事没有关系。"

仿佛有什么东西快要胀破了。一切似乎都凝固成一瞬间的暴力，就像一尊描绘一个战士的刀锋进入敌人身体瞬间的雕像，而这个受伤的人即将倒下，但还没有倒下，正平躺在空中，不顾一切地保持平衡。然后那一刻突然爆发，男孩更坚定地抓住他的衬衫,"你是个骗子!"他拉住布拉德肖,甩开杜威徒劳的手臂,将他从车里拖出来,拖到人行道上。五个人迅速地把他团团围住,一顿拳打脚踢。

杜威从座位上挪过去往下看,看见布拉德肖面朝上躺着,脸上露出奇怪、扭曲、可怕的微笑。他似乎没有挣扎或反抗,好像意识到这是徒劳的。他的眼睛睁着,注视着,活跃着,几乎毫无顾忌地仰望着袭击他的人黑暗而怪异的脸,紧接着是他们从他头顶上落下来、打在他的脸上和身上的拳头。布拉德肖对他们和他们所引起的任何痛苦毫不在意,就像一个坐在温暖的房间里看着窗外在雪中行走的人。但杜威尖叫着,拼命想把那些人拉开。"是塔克·卡利班!是塔克·卡利班!"身后甩过来一只胳膊肘,撞痛了他的嘴,使他脸颊内侧的伤口渗出了鲜血,顿时让他没了声音。

"把他从车边上弄过来!"有人喊道。"也给我一点地方打他!把他带过来!"喊叫的人把手伸进飞舞的拳头中间,抓住布拉德肖的腿,把他拖到人行道上。其余的人跟着他们的目标走。

杜威跟着那群暴徒,仍然紧紧地抓着牧师的胳膊和背,他看见那男孩转过身来,咧开嘴,露出锯齿状的牙齿,笑了。他看见对方挥过来的一拳,但是他无法躲开,那一拳正好落在他太阳穴上,然后他看见那黑色的东西变成了白色和红色的斑点。过了一会儿,他发现自己躺在人行道上,双手处于防守的姿势,抵挡迎面而来的拳打脚踢。男孩在他旁边站了一会儿,然后转过身到那些聚集在布拉德肖周围的人的地方。那些人正带着野蛮劲儿疯狂地用拳头打布拉德肖的脸，像在黑暗的街道上踢铁罐一样踢他。

"嘿，别动！等等，伙计们！"那男孩挥舞着双臂，向那些人跑去。"别动！"

杜威仍然坐在地上，看见一些人转过身来。"为什么？怎么了？"

他挣扎着站起来，仍然头昏眼花，也许这个似乎是他们领袖的男孩相信他了。也许他会说服他们现在就停止。

"别动，伙计们。我想到了一些事情。"所有的人都停下来，站直了，聆听着。布拉德肖躺在他们脚下小声呻吟。"你们知道这是我们最后一个黑鬼吗？想想看。我们最后一个黑鬼。从此以后，再也没有黑鬼了，再也没有了黑鬼唱歌跳舞和大笑。我们想要见到黑鬼，除非去密西西比州或亚拉巴马州，除非他们出现在电视上。不然再没有黑鬼唱任何老歌，也没有黑鬼再跳古老的舞蹈了。他们是有着白人妻子和大轿车的高级黑鬼。我在想，我们还有一个黑鬼，我们应该让他为我们唱老歌。"

男人们茫然地站着，不太明白那个男孩在说什么，试图想明白他说的话是不是认真的。一些人想继续殴打，低头看着布拉德肖。

然后胖子大声说："我明白你的意思，鲍比-乔。我明白你的意思。"他开始大笑起来。"我们最后的黑鬼！很好。他坐着他的大轿车过来时并不是我们的人，但他现在是了，我们可以让他做任何我们想让他做的事。"

"没错,斯图尔特先生。"他和胖子一起笑了起来。其他人也一个接一个地说:"我明白他的意思了。"

男孩从人群中挤过去,在胖子的帮助下,拉着布拉德肖站了起来。

杜威也站了起来,他意识到他们并没有真正停下来。"你们不能那样对他!"他低着头,挥舞着拳头冲进人群,却被两三个男人紧紧地抓住了。

男孩抬起头来。"让人去托马森杂货店拿根绳子把这个喜欢黑鬼的人绑起来。要是伤害了他,我们就有麻烦了。他爸爸会把我们从他的土地上赶出去。"几个人抱着杜威,有人跑去拿了绳子回来,他们把杜威手脚捆起来,把他推到人行道上。

"现在,开始表演。你能唱什么,黑鬼?你们这些黑鬼总能做点什么。"

布拉德肖茫然地站在男孩和胖子之间,他流着血,衣服被扯破了,皱巴巴的,他的眼镜奇迹般地仍在他的鼻子上,有点歪。他没有回答。

"说吧!你能唱什么?"

那个胖子挥舞着拳头。"我会让他张嘴的。"

"不,斯图尔特先生,有的是时间教训他。现在,他可以乖乖地取悦我们。你能唱什么?《卷发的黑人小孩》?"

杜威看到布拉德肖点头,他当然知道这首歌,每个人都知道,在纽约、芝加哥、得梅因、旧金山以及所有城镇,所有的三年级音乐教师都教他们的学生唱这首歌,让他们了解黑人的文化。在剑桥,每当有人拿着一把吉他,自封为民谣歌手,再和一群自认为民俗学家的人聚在一起时,他们就会唱这首歌。这首歌在全国各地都很有名,被传唱很长时间了。杜威意识到布拉德肖的点头表示他意识到了别的事情。现在,杜威也知道了,他也明白了为什么黑人没有等待,也不需要任何组织或领导就离开的原因了。

"那好吧,"男孩开始说话,然后眯起眼睛,"唱吧。"

布拉德肖用一种近乎单调的调子轻轻地唱着:

> 来吧,来吧,来找妈妈,
> 我的卷发黑人小孩。
> 来吧,来告诉我你的烦恼,
> 妈妈会给你快乐。
> 我知道你需要被亲吻脸颊,
> 抚慰你所有的噩梦,
> 来吧,来吧,来找妈妈,
> 我的卷发黑人小孩。

这是一首节奏很快的歌,布拉德肖的声音听起来很奇怪,因为他有英国口音,所有的单词发音都很正确,没有一丝黑人口音。男人们不喜欢这样,开始发牢骚。"他唱得不好。"

那男孩掐住了他的喉咙。"黑鬼,这次唱得像个黑鬼。"

胖子还有别的要求："是啊，还有跳舞！"

"大声唱，让我们也听见。"有人在人群的边缘喊。

杜威坐在那里使劲拉扯着绳子，但无法挣脱。他一直喊着让他们停下来，但没人理他。

布拉德肖又开始唱了，这一次，他滑稽地踮脚跳动，他的腹部也在抖动。当那个男孩走到他面前，重重地打了他的脸一拳时，他已经唱到了一半。"你这个臭黑鬼！把他弄上车。我们不如用他的车来载他。车子更大。我们让更多人一起去。"

男孩和胖子抓住布拉德肖的肩膀，半抬半拽，几乎越过杜威，回到车里，把他扔了进去。

"他和这事没关系！"杜威扭着身子朝车走去，司机已经逃走了，没有人看见他走。有人爬到驾驶座上，找到钥匙，启动了车子，让发动机转速超过了启动车辆通常发出的噪声。司机叫其他人上车，杜威听到门砰的一声关上了，一、二、三、四。他试图爬起来，仍然在他们后面喊叫，但他甚至还没爬起来时，车子就已经快速离开了，向高速公路上塔克·卡利班的农场方向开去。即使他再也看不见了，他仍然能听到马达的声音。

"但他和这事一点关系也没有。"他瘫倒在地，就像一个婴儿一样，开始哭泣。

街上空无一人，安静得像翻起一块石头后露出的土地，虫子都逃走了，看上去就像那里从来没有虫子的踪迹。杜威几乎正好坐在人行横道的白线上，在寂静中哭泣。

接着，他听到了吱吱作响的车轮声，以及那些未抹油的焊接处发出的刺耳的摩擦声；他看到了轮椅、一个站得笔直的白发女人和那个从阴影中走出来的老人。他什么也没说，他们一开始也没看见他。随着距离越来越近，他们听到他低低的哭声，就朝他走来。"他们抓了谁，威尔逊先生？"杜威还没来得及回答，老人就转向女儿。"给他松绑，亲爱的。"

她放开椅背，走到他身后。他感觉到她柔软的手放在粗绳上；当他的绳索松开时，疼痛也随之停止了。"他们抓了布拉德肖牧师。他们认为是他干的……认为是他把黑人赶走了。我得快点。也许我能救他。"她一解开，他就跳了起来。

"孩子，你最好别去。你来不及赶到那里的。他们今天做了这一切之后，情况会变得更糟。他们明天谁也不会来镇上……他们要有一段时间没脸面对大家了。"老人看起来很伤心。

"你真的是为那些混蛋感到难过！好吧，也许你什么都不会做，但我必须尽我所能。"他开始远离他们。

"你什么也做不了，孩子。"老人提高了嗓门，声音在空旷而安静的街道上回响着。

一辆迎面驶来的汽车的灯光照在建筑物上。老人的女儿冲向轮椅，把他推到路边。

"孩子！看看这辆车！"老人转过身冲他喊道，"好好看看！"

杜威转过身来看着汽车。有个胖黑人在开车。他的妻子安静地坐在他旁边，眼睛清醒而明亮。她怀里抱着一个额头上有很多碎发的小女孩，她正在睡觉。后座上堆满了行李。

"是的，我为我的人感到难过。他们没有有色人种拥有的东西。"

杜威还在看着那辆车。它已经开到了镇上的外围，然后就不见了。他走近老人。

"希望这能让你感觉好一点，威尔逊先生，这是最后一次了。我再告诉你一件事。"老人抬头看着他笑了。"将军不会同意的。"他转向女儿。"我们还有一些咖啡在壶里，是吗，亲爱的？"

"是的，爸爸。"

"威尔逊先生，你想喝点咖啡吗？你现在最好别回家，你最好平复一下自己。"

杜威点点头，他们一起走上街。

利兰先生不知道是怎么被吵醒的。起初，他以为是沃尔特在动，在梦中逃离一个多头怪物，但当他回头看他的弟弟时，他发现弟弟蜷缩在母亲亲吻他们、道了晚安后的同一个位置上。然后他又听到了一声尖叫。

叫声来自高速公路的方向，可能在塔克家附近，穿透将他们两个农场隔开的闷热的树木。也许塔克回来开派对了。但是在哪里？塔克没有房子了。但他可以在外面吃喝，天气足够暖和，而且，塔克的农场里不会有其他人。

他开始摇晃沃尔特，告诉他塔克回来开派对了。现在他听到了其他的声音，有其他人在笑，他想他们一定都是塔克的朋友，拍拍他的背，说很高兴再次见到他，特别是因为他们认为他已经永远离开了。他停止摇晃沃尔特，因为摇晃和轻推没有任何帮助，即使沃尔特醒来，他也会半梦半醒，什么都听不懂。

利兰先生仰面躺着，听着微弱的笑声，听着一个开始唱歌的声音，思考这个聚会。他们可能有爆米花、糖果和苏打水。这将是一个不错的聚会，人们很高兴看到彼此，就像他的家人在他的祖父位于威尔逊市的房子举办的家庭聚会一样。他自己只参加过一次这样的聚会，尽管当时他很小，但他仍然记得很清楚。他曾经一直躺在床上，听着大人们的欢笑和歌唱，当他早上起床时，他们都睡着了，甚至连他祖父，一个和他父亲一样在天还没亮就起床工作的农民也睡着了。他起床了，成为家里唯一醒着的人。他走进客厅，发现他们前一天晚上留下了一些糖果和爆米花。当那些人终于醒来时，那些红着眼、满脸皱纹的叔叔阿姨们，他已经吃了足够的剩饭，不再饿了。

他仰面躺着想了想，知道当早晨来临时他要做什么。那将是周日，首先他们会吃饭，然后去教堂，他的母亲在那里教主日学校的课程，然后他们会回家。他会牵着沃尔特的手，他们会穿过树林，来到塔克的田里。塔克看见他们，就会挥手，他们就会穿过那片被犁过的盐田，穿过那片柔软灰暗的土地，朝他跑去。他会打招呼，表示很高兴见到他们。利兰先生会带他去看看沃尔特。

然后利兰先生会问塔克为什么回来。塔克会说他找到了他失去的东西,他会微笑着告诉他们他有东西给他们。他会拿出一大碗剩下的糖果、爆米花、饼干和巧克力糖。他们会一直吃到吃饱为止。他们一直在笑。

致谢

威廉·梅尔文·凯利

Acknowledgment

写书，尤其是写自己的处女作，其麻烦之处在于，你只有二十三岁，你感觉受了众人恩惠，以至于无法决定到底将感谢献给谁。你必须仔细掂量，然后一一排除。这很痛苦，因为很多人都令人感激，很难说一个人比另一个人更值得。

所以，虽然这本书是专门为三个人写的，但我还是要感谢所有相关的人。这些年来，特别是自从我开始写这本书以来，他们都非常关心我，给予了我文学或者个人生活上的建议，尽管我并不总是采纳。

那些人曾经对我说：

"你今晚为什么不来吃饭呢？"

"你可以在我家住几晚。"

"我帮你打印几页好吗？"

"给。你有了钱再还我。"

再次感谢大家。我希望有一天我能抽时间单独和你们见面。

本书献给：

我的母亲，纳西莎 (Narcissa, 1906—1957)，她总是以一种勇敢无畏的方式面对任何事情，挑战死亡，因此才有了我的诞生，才有了胜利。

我父亲老威廉·梅尔文·凯利 (William Melvin Kelly, 1894—1958)，他为我牺牲了太多，甚至阻断了他获得真正的幸福，而我当时还太年轻，没能意识到这一点。

感谢 MSL，当我最需要的时候，他给了我足够的爱、善意和鼓励，让我开始认真写作。

威廉·梅尔文·凯利生平

杰西卡·凯利

A Biography of
William Melvin Kelley

威廉·梅尔文·凯利是"黑人艺术运动"(Black Arts Movement) 中的一位非裔美国作家,以实验性散文和对美国种族关系的讽刺性探索而闻名。1937 年 11 月 1 日,凯利出生在斯塔顿岛海景医院,母亲是纳西莎·阿加莎·凯利(原姓加西亚),父亲也叫威廉·梅尔文·凯利。凯利的母亲是一名虔诚的天主教徒,她患有肺结核,医生建议她放弃怀孕。但她选择在万圣节那天进行剖宫产。怀孕和分娩让她的身体付出了巨大的代价,四个月以后,她和她的孩子凯利才得以出院回家。

老威廉·梅尔文·凯利曾经是哈莱姆区《阿姆斯特丹新闻报》(*Harlem's Amsterdam News*) 的编辑,他曾试图创办过几家自己的报纸。后来,他开始了在纽约市作为公务员的职业生涯。凯利一家在卡彭特大道 4060 号的二楼安家,那是一间可以供两个家庭居住的公寓,属于纳西莎的哥哥乔,加西亚家族的其他成员,包括祖母杰西也住在这里。

居住在这一带的主要是意大利裔,凯利一家是街区上唯一的有色人种。尽管凯利在阅读上有些吃力,但还是被认为是一个非常聪明的孩子,他在里弗代尔的精英学校菲尔德斯顿学校上学。

尽管菲尔德斯顿学校从20世纪20年代就开始推崇种族融合，但凯利仍是极少数几个入学的非裔美国儿童之一。在菲尔德斯顿，他认识了许多家庭富裕的朋友，大部分是犹太人，这与他在哈莱姆的意大利工人阶级朋友之间形成了鲜明的对比，成为他在未来几年写作中的灵感源泉。"我了解有钱的白人，也了解贫穷的白人。"他在2012年接受《马赛克》杂志采访时说，"我了解白人。"

1956年，凯利被哈佛大学录取，打算成为一名民权律师。然而，他一生与阅读的斗争阻止了他的成功。他擅长讲故事，这是他祖母杰西·马林·加西亚 (Jessie Marin Garcia) 赋予他的技能，后来他改学英语。他与约翰·霍克斯 (John Hawkes) 和阿奇博尔德·麦克莱什 (Archibald MacLeish) 一起上课，创作了一篇名为《扑克派对》("The Poker Party")的短篇小说，这篇小说因其创造性和文学代理对其的热情而获得哈佛大学的达纳·里德奖。最终，凯利知道，他最喜欢的是写作，于是他提前六个月离开哈佛，没有获得学位。他的第一部小说《另一个鼓手》在两年后于1962年出版。

1962年4月，在宾夕法尼亚大学举办的宾州田径接力赛上，凯利遇到了凯伦·吉布森 (Karen Gibson)，她来自芝加哥，在莎拉·劳伦斯学院 (Sarah Lawrence College) 学习艺术。吉布森小姐随即爱上了凯利(他光着脚，微笑时长着一口又大又白的牙齿)，而当凯利带她去见他的祖母杰西时，他才相信吉布森就是命中注定的人。"她们坐着谈了几小时，完全不理我，"他说，"然后我就知道是她了。"仅仅过去八个月，他们结婚了，时间是 12 月 15 日。

1964 年，凯利出版了一本短篇小说集《岸上的舞者》，书中首次出现了许多在其他小说中反复出现的人物——贝德洛、邓福德和皮尔斯。

他的第二本小说《一滴耐心》紧接着在 1965 年出版。对凯利来说这是关键的一年，他的第一个女儿杰西卡在二月出生，就在马尔科姆·X 在哈莱姆区奥杜邦舞厅里被当着妻儿的面谋杀的前几天。几天后，位于西 116 街的伊斯兰民族[1]的 7 号寺庙遭到燃烧弹袭击。

凯利后来写道："整件事看起来很简单。牙买加人称之为'部落战争'。但我还是要看看那些被指控杀害马尔科姆兄弟的人的脸，想听听他们对自己所作所为的评论。我让我的经纪人给我安排了一份《周六晚报》的庭审任务，保证我能进入法庭。因此，1966 年初审判开始时，我坐在记者席前排。"

在报道审判过程中，凯利确信被控谋杀的三个人中的两个，诺曼·巴特勒 (Norman Butler) 和托马斯·约翰逊 (Thomas Johnson)，受到了政府的轻率判罚。

"判决结果出来后，我眼含热泪，心中充满恐惧，驱车沿着西侧高速公路行驶。前三年发生的事情断绝了我对美国做出的承诺的最后几丝信念。富人通常会掠夺穷人，政客通常会按照

---

[1] 伊斯兰民族 (the Nation of Islam) 是 1930 年由华莱士·法德·穆罕默德建立的宗教组织。

实业家的意愿行事，但至少我仍然相信法院的独立性。现在我也不得不放弃这个想法。肯尼迪事件表明，国家可以很容易地操纵法院来达到政治目的。如果州政府很迫切地想给巴特勒和约翰逊定罪，那么我不会有勇气在任何人的杂志上发表相反的言论，即使他们会愿意发表我不得不说的话。我不会再让自己去承担起宣布我们的小反抗失败了的任务，去宣布种族主义又赢了一段时间，特别是在我有年轻的妻子和蹒跚学步的孩子的情况下，而所有这些杀戮都在继续。当我到达布朗克斯的时候，我已经决定要离开这个种植园，也许是永远地离开。"

凯利花了将近两年的时间才把家从纽约搬到巴黎。他们住在瑞吉斯街 4 号，和著有《土生子》(*Native Son*)、《黑孩子》(*Black Boy*) 的作家理查德·赖特 (Richard Wright) 几年前住的同一栋楼里。凯利的第三部小说《那些人》是在那一年出版的。基尔库斯评论说这比他早期的作品"更愤怒"，尽管他承认"对沉重主题和笨拙情节进行了有力而微妙的处理"。凯利的第二个女儿希拉出生于 1968 年 5 月，当时的背景是巴黎学生运动。凯利原本打算在巴黎定居，让孩子们能够学习法语，然后移民到塞内加尔，但他们不想搬离亲戚太远，于是他们决定搬到牙买加，他们在那里一直住到 1977 年。

1970 年，凯利出版的最后一本小说《邓福兹漫游记》探索了一个神话般的异国他乡，这个国家实行一种隔离政策，唯一依据的是人们在某一天是选择了蓝色还是黄色的着装方案。受詹姆斯·乔伊斯《芬尼根守灵夜》的启发，凯利用梦幻般的语言写下了小说,并借鉴了非裔美国人帕托瓦语和标准英语的节奏和音调。

1977年凯利回到美国,和他的家人在哈莱姆区定居。通过与他的导师、美国小说家和学者约瑟夫·帕帕里奥(Joseph Papaleo)联系,凯利开始在莎拉·劳伦斯学院教学。

尽管凯利在《邓福兹漫游记》之后没有再出版长篇小说,但他写了许多散文和短篇小说,发表在《纽约客》《花花公子》和《哈波斯》等杂志上,他的短篇小说也出现在许多选集和学术教科书中。凯利在他的职业生涯中获得了许多奖项,例如《另一个鼓手》获得了罗森塔尔基金会奖和约翰·海惠特尼基金会奖(1963年)。他的短篇小说集《岸上的舞者》获得了跨大西洋评论奖(1964年),他的最后一部作品《邓福兹漫游记》获得了黑人艺术与文学学院的荣誉。2008年,他获得了安妮斯菲尔德-沃尔夫书奖的终身成就奖,达到了高峰。

除了作家的身份,凯利还是一个狂热的摄影师和录像师。他拍摄了数千张记录他在巴黎和牙买加生活的照片。1988年,他与混合媒体技术艺术家斯蒂芬·布尔(Stephen Bull)合作拍摄了一部名为《挖掘哈莱姆》(Excavating Harlem)的视频。二十八分钟的短片帮助他赢得了一个小奖项,凯利用奖金购买了一台摄像机。从1989年到1992年,他创作了一个视频日记,以此来捕捉他周围看到的、他觉得无法用语言描述的哈莱姆区的美丽。其中一些视频由于时间原因而没有保存下来,其余的由本杰明·奥伦·艾布拉姆斯(Benjamin Oren Abrams)在两年的时间里收集并编辑成另一部短片,名为《我所见的美丽》

(*The Beauty That I Saw*)。该片于 2015 年在哈莱姆国际电影节首映,并获得哈莱姆聚光灯奖。

凯利是一个深刻而安静的,拥有灵性的人。他尽可能接近犹太信仰,称自己是以色列的孩子,但没有任何官方的皈依。他常说,作为一个可怜的读者,他一生中只有两本书是他读过的,詹姆斯·乔伊斯的《尤利西斯》和《圣经》。凯利先生对大麻也有自己的见解,这一点值得一提,因为他总是会诚实地告诉每一个询问他是否吸烟的人。

凯利先生住在哈莱姆区的邓巴公寓,这是一个在 1926 年建造的综合设施,作为住房改革的实验,以缓解哈莱姆区的住房短缺,并为非裔美国人提供住房。在凯利之前,住在邓巴公寓的著名的非裔美国人包括 W.E.B. 杜波依斯 (W.E.B. DuBois)、保罗·罗伯森 (Paul Robeson),比尔·"柏贞格"·罗宾森 (Bill "Bojangles" Robinson)、康梯·库伦 (Countee Cullen) 和探险家马修·汉森 (Mathew Henson)。

凯利晚年在东河广场的西奈山肾脏中心做了十八年的透析病人,因为膀胱癌导致他的肾脏衰竭。2009 年,他的右腿因循环系统问题被截肢。尽管有这些严重的健康问题,凯利还是继续在纽约布朗克维尔的莎拉·劳伦斯学院教授创意写作,每周两次,他从 1989 年开始在那里任教。

2016 年冬天,凯利,他在哈莱姆区更为人熟知的名字是"杜克",已经在莎拉·劳伦斯学院完成了冬季学期的教学,他对自己最近新教的一班作家感到非常兴奋。他于 2017 年 2 月 1 日,周三,在纽约莱诺克斯山医院去世,享年 79 岁。

图书在版编目（CIP）数据

另一个鼓手/(美) 威廉·凯利著；谭怡琦译. --上海：上海文艺出版社，2022
（企鹅当代文学）
ISBN 978-7-5321-8069-1

Ⅰ.①另… Ⅱ.①威…②谭… Ⅲ.①长篇小说－美国－现代 Ⅳ.①I712.45

中国版本图书馆CIP数据核字(2021)第168994号

Copyright © 1962 The Estate of William Melvin Kelley
First published in the United States in 1962 by Doubleday
"The Lost Giant of American Literature" by Kathryn Schulz 2018, The New Yorker Magazine,
as first printed January 29, 2018
Published by agreement with The Estate of William Melvin Kelley through Andrew Nurnberg
Associates International Limited.
Simplified Chinese edition copyright © 2022 by Shanghai Literature & Art Publishing House
in association with Penguin Random House North Asia. All rights reserved.

"企鹅"及相关标识是企鹅图书有限公司已经注册或尚未注册的商标。
未经允许，不得擅用。
封底凡无企鹅防伪标识者均属未经授权之非法版本。

著作权合同登记图字：09-2020-769

发 行 人：毕　胜
责任编辑：肖海鸥
特约编辑：邱宇同　郭宇萌

书　　　名：另一个鼓手
作　　　者：[美]威廉·凯利
译　　　者：谭怡琦
出　　　版：上海世纪出版集团　　上海文艺出版社
地　　　址：上海市闵行区号景路159弄A座2楼　201101
发　　　行：上海文艺出版社发行中心
　　　　　　上海市闵行区号景路159弄A座2楼206室　201101　www.ewen.co
印　　　刷：苏州市越洋印刷有限公司
开　　　本：1194×889　1/32
印　　　张：9.125
字　　　数：181,000
印　　　次：2022年3月第1版　2022年3月第1次印刷
Ｉ Ｓ Ｂ Ｎ：978-7-5321-8069-1/I.6391
定　　　价：58.00元
告 读 者：如发现本书有质量问题请与印刷厂质量科联系　T: 0512-68180628